AF449532

Odla TurLam

LE MANI DI MIO PADRE

EEE-BOOK

Odla TurLam, *Le mani di mio padre*
© EEE – Edizioni Esordienti E-book, 2019
Prima edizione cartacea: aprile 2019

ISBN: 978-88-6690-506-6

EEE-Edizioni Esordienti E-book
di Piera Rossotti
Str. Vivero, 15
10024 Moncalieri (TO)
www.edizioniesordienti.com
info@edizioniesordienti.com

1. LE MANI DI MIO PADRE

Giunta ai suoi settanta, la mia vita ha bisogno di credersi. Di non pensare che sia stata "tutta un sogno".

È stata "tutta un sogno", diceva della sua vita mio padre, quando aveva circa la mia età. Gli pareva che la sua vita fosse stata irreale oppure fatta "della stessa sostanza di cui sono fatti i sogni". Non aveva mai letto Shakespeare (a malapena sapeva che esistesse) ma Shakespeare aveva parlato per tutti, quindi anche per lui.

Poi, quando la sua vita entrò nella fase del congedo, più che pensare che fosse stata un sogno, mio padre cominciò a viverla precipitando nel sogno.

Fu un sogno sovente in forma di incubo. E sempre simile a un labirinto da cui non si esce, come lo sono spesso i sogni.

È in memoria di questo labirinto, dove a tratti mi riuscì di accompagnarlo, ma soprattutto in omaggio all'uomo mite e inascoltato, leggero come una foglia d'autunno, di quelle che si raccolgono e posano per un po' sulle nostre scrivanie, che ho scritto questo romanzo.

Un debito di riconoscenza che gli devo. Una tardiva gratitudine per aver saputo accettare con grazia la mia diversità. L'accettò forse più di qualsiasi uomo fosse stato al mio fianco nei tempi in cui era tutt'altro che facile vivere la diversità sessuale.

Mentre Nonno si può dire ne morì.

Vorrei cominciare proprio da questo paragone. Tra mio padre e Nonno. Dai tempi in cui nemmeno m'accorgevo di avere un padre, tanto Nonno (il padre di mia madre) ne sovrastava l'immagine, ricoprendo tutti i ruoli virili in famiglia. E ancora adesso, dovendone scrivere, non riesco a fare a meno della maiuscola e scrivo Nonno come potrei scrivere Dio. Va da sé che sua moglie non potrei scriverla diversamente che Nonna, anche lei con la maiuscola. Doveroso, come consorte del Dio. Anche se i bagliori di lui sovente riverberarono su di lei solo per spegnersi e trasformarsi in grumi di cenere.

Il mio romanzo può iniziare da un trasloco. E da un Natale. Quando i miei nonni paterni, che posso tranquillamente scrivere con la minuscola, vennero a Torino dal paese. Ci vennero per onorare il nostro trasferimento dalle ringhiere di via don Bosco, una zona ancor tutta legata alle vicende del Santo e alla vita operaia delle Ferriere FIAT, al largo Orbassano, un quartiere che allora era quasi una periferia.

I miei nonni paterni non li ho mai conosciuti troppo bene. Li ho conosciuti come certe figure del presepio: fisse e immutabili. Neglette e docili, dentro la carta stropicciata dove restavano durante il resto dell'anno. Rinchiuse nello scatolone per undici mesi, non ne pativano la prigionia ma godevano di un incantesimo dove i giovani non invecchiavano mai e i vecchi non invecchiavano più; dove le bestie (l'asino, il bue, le pecorelle, e i tre cammelli ma anche un'oca e un paio di anatre) se ne stavano quiete come in letargo. Estraendole, le riconoscevo al tatto ancor prima di scartarle. Emanavano il tepore della fedeltà devota. A volte, rincresceva levarle dalla carta, tanto pareva uno strappo inferto alla loro santa pazienza. E lo fu uno strappo, quel Natale dopo il trasloco. Il Natale del millenovecentocinquantotto. Come se anche le sacre statuette fossero consapevoli di aver cambiato casa, e fossero timorose di venir collocate sull'orlo di un baratro. Quel Natale anche le mani di mamma sembrarono indugiare e perfino tremare nell'aiutarmi a collocare le statuette nel presepio sul ripiano del nuovo e lunghissimo buffet, che era un vertiginoso squillo di cristalli bicolori. Una luminosa e ondulata specchiera che sovrastava il ripiano in nero cristallo coi bordi marcati dal verde di un filiforme ornamento vegetale. Un insieme, questo, che non appena venne aperto lo scatolone con dentro le statuette sembrò urlare "O io o loro!"

I nonni paterni venivano dal paese. E cioè da un altro mondo. Sebbene quel mondo, d'estate, fosse anche il mio. Un paese del basso Monferrato che l'inverno spostava lontano, irraggiungibile quanto il Polo Nord.

Nessun viaggio, né programmato, né voluto, era previsto in quel luogo remoto a quarantotto chilometri da Torino che era il nostro paese in inverno. Tranne uno: il viaggio che faceva il fratello di mio padre per andare a prendere i suoi genitori. Un viaggio in anticipo rispetto al Natale, ma puntuale rispetto al presepio. E puntualissimo rispetto all'albero. L'albero di Natale ci arrivò, quell'anno, dalle mani dello zio Giuseppe, tagliato di fresco e accompagnato dal muschio vero, necessario per il presepe e ben sistemato in fondo a un plateau. Mia madre accolse l'albero con un sorriso che, dopo il trasloco, non le avevo più visto. Quell'albero parve tutelarla e proteggerla da ciò che temeva di più: l'annuale incontro con i suoceri. L'albero se lo fece, quell'anno, senza neanche coinvolgermi. Aveva comprato da sé le palle multicolori, i fili argentati e dorati, e si era messa ad addobbarlo da sola, come se fosse una sua faccenda privata: un gioco che poteva fare senza di me. Lei sentiva l'albero. Ci si aggrappava idealmente. Affidava all'abete quella sua bambinaggine, che i suoceri criticavano in lei, ma senza dirlo; alla stessa stregua in cui dovevano aver criticato, ma senza dirlo, la sua fragilità, la sua precaria salute, i suoi slanci sentimentali. Erano anche stati segretamente contrari che avesse sposato uno dei loro figli, nonostante la nuora fosse un buon partito: figlia di un bravo commerciante che faceva la spola tra il paese e Torino, e si era addirittura comprato, a Torino, un'intera casa. Ma a loro, in fondo, che cosa gliene veniva in tasca? Mentre mia madre, con i suoceri, abbondava in effusioni. Ma fino a un certo punto. Qualcosa arrivava presto ad arrestarla, a inceppare il flusso dei suoi graziosi complimenti, rendendola muta, assente, pensierosa, ancora tutta immersa nella vita delle ringhiere che aveva abbandonato da poco, nonostante il suo corpo si muovesse in perfetta armonia col piccolo alloggio, che puliva e ripuliva di continuo, e rendeva più brillante e lucido delle palle che pendevano dall'albero. Ci teneva moltissimo ad apparire, agli occhi dei suoceri, come una casalinga perfetta, tutta ordine e pulizia. Certo dispiaciuta che il profumo esaltante della cera Grey affiorasse appena appena, in quei giorni di festa, da una commistione spuria di altri odori. A prevalere non era tanto l'odore del muschio, che nel presepio sembrava congelarsi sotto l'effetto della tanta ovatta che fungeva da neve, né quello dell'abete che, carico dei colori che quasi gli cancellavano il verde, sembrava trattenere mortificato la fragranza del bosco da cui proveniva. Era l'odore dei suoceri, a prevalere. Che era di borotalco per quanto riguardava nonna Carolina; e di sigaro toscano per quanto riguardava nonno Aventino. Io sospettavo che nel viso fin troppo infarinato di quella nonna, sotto il suo sorriso inattingibile come la mollica di una pagnotta appena sfornata, ci fosse, mentre guardava il presepio, un sottaciuto rimprovero per tutto quel cotone buttato via. Era dello stesso tipo che lei usava per cospargersi di borotalco? Suo marito, invece, conservava due pomelli paonazzi come se tutta la faccia fosse la camera di combustione dove il toscano, perennemente in bocca, svolgeva il suo lavoro quotidiano. Aveva un occhio solo. L'altro glielo aveva spento la scheggia di un bastone con cui aveva colpito una mucca. E se guardava il presepio, potevo capire il suo imbarazzo nel non poter dire nulla. Era un controsenso che una notte tanto divina, per giunta rinforzata dai miei mille accorgimenti per risaltarne l'incanto, fosse vista da un occhio solo. Anche nonna Carolina, pur ammirando il presepio con poche e caute parole, poteva forse trovarlo un lusso fuori luogo o, per lo meno, non era attrezzata a vederlo in una casa privata, giacché nella loro, al paese, non costumava fare il presepio. E incrociava amabilmente le dita, tenendole ciondoloni sul grembo, finché mamma, dopo aver invitato il suocero a riaccendersi il sigaro, le porgeva una forchetta, un cucchiaio o un mestolo con cui correggere "da ottima cuoca" una qualche pietanza che cuoceva sul fornellino elettrico. Il dono che aveva mamma di mettere la gente a suo agio funzionava anche lì, così che il suo pallore, segno di un'ansia incontenibile, piano piano si chiazzava di macchie rosate, segno di un'ansia più contenibile. Ma nonna Carolina sapeva esprimere altrove tutto quanto il suo agio e la sua padronanza. Nel santuario di Santa Rita, dove nel tardo pomeriggio l'accompagnavo alla Novena, ecco che comparivano in lei gesti precisi, da perfetta padrona di casa. Intanto, prima di entrare, si sistemava ben bene il fazzolettone nero annodato al mento che si toglieva solo in casa nostra, rivelando l'immodificabile crocchia con cui raccoglieva i capelli ancora in gran parte neri. Prima di avvicinarsi alla cappella dove c'era il presepio, faceva il giro di tutta la chiesa, segnandosi e inginocchiandosi un numero straordinario di volte, e non mancando di affondare più volte la mano nell'acquasantiera. Tirava su la mano come se fosse un piccolo secchio di cui servirsi non solo per il segno della croce, ma anche per benedire e strofinare ben bene il viso e tutt'e due gli occhi. Diversamente da Nonna e da mia madre, l'acqua santa a me lei non la porgeva: mi alzava un tantino dalle ascelle per farmi sporgere sui bordi di una vasca che non avevo mai visto dall'alto e così per intero. Non mi dispiaceva affatto farci sguazzare le mani dentro, né più e né meno come avrei fatto al mare sul bagnasciuga. Capitava così che le mie dita sgocciolassero per un bel po' dopo che riscendevo a terra e con meraviglia trovassero che a quella nonna non dispiaceva affatto che me le asciugassi strofinandole lungo la nera pelliccia di coniglio che le arrivava fino ai piedi, dove incontravano piccole dune coperte da un groviglio di nodi animali e non poche spelacchiature. Quantunque ne fossero tentate, le mie mani evitavano di arrivare fino in fondo, di andare a sfiorare i piedi di chi indossava quell'incomprensibile ma divertente capo di abbigliamento. Appesa all'attaccapanni di casa nostra, la pelliccia di coniglio rifletteva i suoi neri bagliori sul pavimento di marmo tirato a lucido e, insieme all'ingombrante giaccone color antracite di nonno Aventino, riusciva quasi a intralciare i movimenti che portavano dal cucinino alla sala da pranzo. Così i due nonni paterni su e giù per l'alloggio nuovo, che in pochi passi si poteva percorrere da cima a fondo, mi parevano la nota più bizzarra del nostro trasloco.

Quel Natale, mamma avrebbe preferito invitare i suoceri piuttosto che passarlo alle ringhiere con Nonno. Per lei era una specie di tortura segreta, gradita ma pur sempre tortura, essere invitata nella casa del padre per quel Natale. Invito che nascondeva il senso amaro di una beffa, come se si dovesse festeggiare la fine di un vecchio ciclo, la nostra vita di ringhiera, piuttosto che l'inizio di uno nuovo come suggeriva la festività. Era un invito probabilmente disperato, quello di suo padre, teso a mostrarle in qualche modo quel che perdeva piuttosto di quel che lasciava, essendo lui il sole intorno al quale ruotavano tutti i desideri, non solo di lei, ma dell'intera famiglia. Un invito, per accettare il quale, le sarebbe occorso un tempo adeguato, in cui smaltire il senso di colpa per aver abbandonato suo padre. Quel senso di colpa non svanì mai del tutto. E anche quando si attutì, ne restarono tracce per tutto il tempo che Nonno visse, e cioè fino al millenovecentosessantanove. Io invece, fin dal trasloco, avevo cominciato a cambiar religione. A mutare Dio. Capitò senza strappi, per lo meno dentro di me perché gli strappi, inattesi, li provocò poi mia madre. Capitò come un processo naturale. Come un cambio di stagione. Sebbene la Natura non c'entrasse affatto, e anzi, se avessi dovuto ascoltar la Natura, avrei patito chissà quali pene. Mi comportai con Madre Natura come un disubbidiente felice: uno che trova, per ottenere quel po' di felicità che essa parrebbe promettere senza poi mantenere altre vie, parallele, magari ugualmente illusorie, ma di un'illusione anticipata e voluta, del tutto consentita e anzi in gran voga. Capitò sempre dentro a delle sale, prima illuminate e poi buie. Sale tutte dotate di uno schermo bianco, così rassicurante e così misterioso. Sale, diversamente dalla Natura, promettenti felicità certe e mantenute. Capitò che quelle sale fossero per me le uniche maestre di vita, parlo di quella sentimentale, e l'unico rifugio dalla vita quando questa presentava i suoi conti salati. Furono sale totalmente propedeutiche al mestiere che scelsi da grande: l'attore di teatro. Furono sale anticipate da una stanza nella casa di via don Bosco, quella a ringhiera di Nonno, dove svolsi il mio apprendistato. Un apprendistato che, prima del cinema visto, si manifestò in una forma anticipatrice di incredibile fascino: il cinema raccontato in cucina.

Maria la *pennoira* abitava al nostro stesso piano. Alla prima porta del pianerottolo, con la finestra della cucina che dava sull'ala più corta della ringhiera per cui, dalla nostra portafinestra, affacciata sull'ala lunga, potevamo vedere tutti i suoi movimenti. Maria era una signora vistosamente elegante, che possedeva un negozio di parrucchiera in centro, gestito in società con il fratello Renzo. Maria, se levava il cappotto, risultava, nei suoi vaporosi vestiti, un tronco di donna lungo e flessuoso, floreale nelle movenze. Pareva fatta apposta per comporre una danza, eseguita soprattutto con le mani, intorno alle morbide curve delle donne che si facevano pettinare da lei. Mamma era una di loro. Il casco asciugacapelli, Maria, quando veniva da noi, se lo portava da casa e, nel manovrarlo, il dispiegamento delle sue mani le conferiva l'aria di una gran dama che si fosse messa a padroneggiare, trasfigurandolo, il mondo visibile della nostra cucina mentre noi attendevamo che quello invisibile comparisse dalle sue labbra. Con voluttà ci raccontava l'ultimo film che aveva visto. Pochi istanti e le sue parole diventavano scene d'amore. Di amori contrastati, rovinosi, strazianti, sempre in procinto di finire male, e quasi sempre per causa di "Quella". "Quella", in bocca a Maria, era la donna cattiva, che risultava essere anche "la moglie". "Quella", Maria non la poteva vedere. "L'Altra", che era l'amante, riscuoteva tutte le sue simpatie, e sembrava una che venisse a farsi pettinare da lei. "Mi fai vivere nel film", le diceva mia madre piena di bigodini prima di entrare nel casco. Allora Maria, anziché smettere di raccontare il film, alzava la voce fino a urlare la scena finale che poi adorava ripetere quando, rossa e congestionata, mia madre usciva dal casco col viso di una che avrebbe fatto anche a meno di conoscere se, nel film, avesse vinto "Quella" o "l'Altra". Al contrario Maria ci teneva moltissimo a dirglielo, specie se era stata "Quella" a vincere. Se invece aveva vinto "l'Altra", Maria sembrava spegnersi, quasi imbronciata, mentre si metteva a fare le unghie a mia madre. Calava così un silenzio assorto su entrambe dove mia madre gentilmente pensava a come ravvivare le risa voluttuose dell'amica mentre io non capivo come in quelle trame di separazioni tanto tristi si fosse potuto ridere così di gusto. Ma certo il clima del film, qualsiasi fosse la scena finale, portava nella nostra cucina non solo l'aura di una signorilità contagiosa e fatua, ma uno strascico di misteriose verità. Finite le unghie e tolti i bigodini, Maria si metteva a carezzare qua e là le ciocche di mamma e a modellarle i tirabaci, posti ai lati del volto come delle parentesi tonde. Era allora che, studiando la capigliatura di mamma, il viso di Maria, uscito dai fumi densi del film, sembrava diventare il protagonista di un altro film leggibile nel primo come in filigrana. Un film di cui potevamo indovinare la trama, conoscendo alcuni dettagli della vita di Maria. In gioventù, lei era stata in Africa. Come mio padre. Ma la guerra che aveva combattuto non era la stessa che aveva combattuto mio padre, nelle parole di Maria non essendovi mai uomini che combattevano contro altri uomini bensì donne che combattevano contro altre donne. In Africa aveva conosciuto un uomo con cui aveva poi convissuto per anni. Lo stesso che sicuramente aveva a che fare con i protagonisti dei suoi film, il più delle volte Amedeo Nazzari, ma che in segreto lei chiamava Attilio. Attilio era l'uomo che ogni domenica andava a bussare alla porta di Maria. Lo vedevamo comparire sul pianerottolo con un'aria elegante e circospetta. Era uno che aveva vissuto in Africa insieme a "Quella" (in questo caso la stessa Maria) ma che a Torino viveva insieme con "l'Altra" (la sua legittima moglie).

Ma il battesimo del cinema vero sarà tutt'altro. Intanto scomoderà uno spazio enorme, spropositato, dove un bambino si perderebbe senz'altro se non vi fosse condotto per mano da suo nonno. Se poi questo nonno è anche Nonno, il bambino potrà stare davvero tranquillo e dormire tra quattro guanciali. Al cinema Ideal di piazza Statuto. Quando lo schermo s'illumina è poca cosa e soprattutto è così lontano. Nemmeno i racconti della *pennoira* Maria riuscirebbero ad avvicinarlo. Anche lei dormirebbe. Certo con un sonno da gran dama, e non come questo di Nonno che ci manca poco che russi. Si sarà stancato di fare l'euforico e di tenere gli occhi dritti e puntati come due fari sulle luci che inondano a giorno la scena. Ma non per il film, bensì per lo spettacolo di varietà che lo precede. Per delle persone in carne e ossa, ballerine molta più carne che ossa, che da quando s'è aperto il sipario laggiù (noi siamo a metà galleria) non la smettono più

di entrare e di uscire da porte invisibili, mosse da una fretta dia-
bolica. C'è anche un'orchestra. Sta sotto il palco e pare sia lei a
muovere, con fili sonori, i burattini umani che riempiono la scena.
Il meno esagitato è un signore grassoccio tutto impomatato e in-
fagottato in uno smoking bianco. È lui che comanda. Fa entrare
e uscire un sacco di gente. Gli uomini, a uno a uno, a dir cose
chiamate "barzellette". Le donne, semisvestite, quando non can-
tano carezzano il microfono ed escono a gruppi saltellanti come
capre. Capisco che lo spettacolo vero lo fanno loro, perché
Nonno applaude contento come uno che ha visto il paradiso. Poi
inizia il film. Ambientato in un bosco dove è un uomo, questa
volta, a essere mezzo svestito. Pieno di muscoli. Lui non entra da
porte invisibili: sale e scende dagli alberi e si lancia dall'uno
all'altro con delle corde simili a un'altalena. Quest'uomo ha un
nome strano, si chiama Tarzan.

Questo romanzo dovrebbe raccontare la figura di mio padre.
Ed è così. Ma se tardo a farlo entrare in scena è per ottenere un
effetto simile a quello di una prolungata attesa per l'apparizione
del protagonista in teatro. Nulla a che fare con l'avanspettacolo
dove gli uomini te li scaraventano addosso. Lo faccio perché,
trattandosi di un protagonista meravigliosamente generoso, non
teme di sacrificare la sua parte né di vedersi trattato come "spe-
cial guest". Oppure, ed è l'ipotesi più certa essendo stato l'as-
sente-sempre-presente della mia infanzia, perché parlare di tutti
gli altri prima che di lui non è un modo di trascurarlo ma di te-
nerlo sempre sott'occhio. Un po' come si faceva un tempo con il
suggeritore nascosto nella buca, specialmente quando si recitava
a braccio come sto facendo adesso io mentre scrivo.

Ma eccolo, lupus in fabula. Come il fantasma di Amleto che
ha sentito il richiamo. Lui non fu ucciso ma peggio ancora, umiliato e reso invisibile. E sono io, a differenza di Amleto, a evo-
carlo perché si vendichi. Intanto gli faccio piovere sul viso la luce

di uno spottino ad hoc, se non addirittura un occhio di bue. Sempre che non ci sia una luce riflessa da una qualche sua aureola. Ed è proprio come se lo vedessi comparire da una buca mentre spunta tra una folla di interpreti, a recar loro disagio e sconcerto tanto che, da buoni attori, fingono di ignorarlo. Lo faccio entrare piano piano al centro della scena. Che è quella di una tavolata. Ho imparato dai miei registi preferiti che le scene madri dei drammi famigliari, quelle che non si dimenticano e durano nel tempo, si svolgono per lo più a tavola. Siamo a Torino, e a tavola naturalmente ci sono i grissini. Nonno ne ha appena spezzato uno. Con ostentazione. Di quel grissino, Nonno ne offre metà a mio padre appena in tempo a impedire che il genero spezzi in due come fa sempre la sua biova. Mio padre sta ingrassando a vista d'occhio, e qualche volta sua moglie si lamenta del suo sovrappeso. Una foto di allora scattata al Lago Maggiore rivela come lei, seduta accanto a lui che invece se ne sta in piedi pacifico e rotondo, risulti minuta e accigliata come volesse scostarsi dalla mole di carne che la sovrasta. Per cui, ora a tavola, lei ritiene che il gesto di spezzare il grissino fatto da suo padre, magrissimo e inappetente a causa dell'ulcera, sia un salutare avviso dietetico al genero. Solo che Nonno, subito dopo il suo magnanimo gesto, ha aggiunto una frase. L'ha detta con un tono di scherzo acido. Infatti a stento mamma ci ha sorriso su. Ma come sempre nessuno sa resistere o controbattere Nonno quando ciò che dice è preceduto da una scia di lampi azzurrini e le parole gli escono prima dagli occhi che dalla bocca. Ha detto rivolto a mio padre: "Dovresti mangiare il pane che ti ha portato tua madre!". Parole tardive e datate che mi disorientano: siamo a Pasqua, e i nonni paesani sono venuti a Natale. E nessuno, neanche Nonna, si sognerebbe di reclamare la loro pagnotta non pervenuta a Natale. E poi, via, quello che nonna Carolina porta in regalo a Natale non è mai una pagnotta, bensì un lenzuolo per me: uno di quelli che giacciono nell'armadio di mamma in una pila rimasta intatta per anni, ciascuno nella sua confezione trasparente, legata da un nastrino azzurro. Non so perché Nonno ha detto una tale enormità. Ma come Dio lui sa dire cose che vanno accettate senza capirle. Anche mio padre la accetta, ma non prende l'altra metà del grissino: spezza la sua biova come se niente fosse. È così che l'invisibile in cui ogni tanto inciampa, nonostante la sua mole, lo rende libero, refrattario ai comandi di Nonno. Ma io come sempre ho parteggiato per Nonno e mi sono ammalato. L'onnipotenza del Dio poteva ramificare in me solo se mi ammalavo. Anche se in certi casi bastava impuntarmi, far dei capricci, intanto che la Sua voce dentro di me sussurrava che erano giusti, talvolta magnifici. Come accadde un Natale. Un Natale coi nonni paesani.

Ma dove finiva la pelliccia nera di coniglio quando veniva a passare il Natale da noi, invece che dallo zio Giuseppe? Anche a frugare nei dettagli più riposti della memoria che affiorano nella mia vecchiaia come da una sorgente miracolosa, mai potrei scorgere nella casa dei Nonni i segni di una presenza convincente di quella pelliccia. La casa non era altro che una fuga di stanze comunicanti tra loro, con un piccolo andito dove c'era un lettino per la domestica, che poi divenne la mia cameretta non appena smisi di dormire nella stanza dei miei. A parte la cucina, erano tutte stanze da letto. Tutte munite di cieche porte e tende che ricoprivano armadi a muro o nicchie dove, tra scatole di latta e scatoloni di cartone, c'era posto per tutto ciò che tornasse utile nascondere, compreso il mio corpo quando decideva di scomparire alla vista degli altri. Forse finiva in uno di questi armadi con tenda, la pelliccia nera? Tuttavia ricordo benissimo come si annunciava: con un nero baluginio sui vetri sempre un po' gocciolanti della portafinestra che dal ballatoio comunicava direttamente con la cucina. Tanto che l'inverno somigliava talvolta a un pianto che si sciogliesse per via dell'incontro tra la stufa sempre accesa e il cielo sempre grigio. Pareva, quella pelliccia, non altro che un prolungamento strampalato e deforme del ferro della ringhiera. Ma spariva non appena attraversata la soglia, dove nessun pavimento poteva rifletterla. Le mattonelle poi, essendo di granito, non ponevano ostacoli seri alla volontà degli oggetti di scomparire né obbligavano a riflettere alcunché come in uno specchio. Di nonna Carolina, prigioniera in quelle stanze, veniva fuori un sorriso senza labbra: un sorriso di gentilezza impassibile che non sarebbe mutato durante le ore che avrebbe passato con noi, un sorriso al centro di una cornice perfettamente ovale, come era il suo viso dai tratti minuti e per nulla contadino. Lei e Nonna Cordelina, che invece aveva un viso rotondo di contadina russa e gli occhi piccoli ma piamente ispirati, parlavano amabilmente. Nonna Cordelina sapeva, specie a Natale, farsi ancor più premurosa e gentile del solito, buttando e stipando tutte le critiche in un sacco che nei giorni a seguire avrebbe a poco a poco svuotato portando alla luce ogni sfumatura di tutti i comportamenti che, sfuggiti ai nostri occhi, andavano senz'altro stigmatizzati. Non so come prese il mio comportamento in quel Natale del millenovecentocinquantatré quando, nel pomeriggio, tutti decisero di andare al circo. Tranne me. Avevo sei anni e m'impuntai a non volerci andare. E, come sempre, vidi vibrare nell'azzurro sguardo di Nonno la più limpida delle approvazioni. Era contento che non mi unissi alla "banda" dei vecchi? O aveva già progettato, da autentico Dio, ciò che sarebbe accaduto nel tempo a venire e cioè il giorno dopo? Restai a casa con la domestica Lina a giocare al gioco dell'oca e a vederla sbuffare per non poter uscire col suo moroso Vincenzo. Certo, non ero troppo contento che gli altri non avessero rinunciato ad andare al circo e, anzi, ci fossero andati perfin troppo volentieri, compreso Nonno che li aveva accompagnati. Ma ci tornò il giorno dopo, per portare me. Il circo si chiamava Krone. E ci entrammo che lo spettacolo era già cominciato, nel momento in cui dei cavalli bianchi parevano uscire da una nube azzurrina come se fossero venuti dal cielo e galoppare in tondo come se la giostra di Carnevale avesse preso, per merito di Nonno, una vita vera che non mi sarei mai sognato.

Certo, di miracoli Nonno ne faceva tanti. Come quello di quando era stato in Svizzera. Per la gioia di andare a prenderlo alla stazione dei pullman, una gioia scomposta che non sapevo contenere, m'ero cacciato non so come una gruccia nell'occhio destro. Fortunatamente non me l'ero cavato e Nonno aveva apprestato ogni cura per farmelo guarire. Guardato adesso, quell'incidente destinato a non lasciare né guasti definitivi né tracce evidenti mi verrebbe da attribuirlo a una qualche volontà sotterranea, a una psicopatologia quotidiana che rivelava la sete incessante dell'anima mia bambina. In buona sostanza, m'ero ficcato quel gancio nell'occhio, ma facendo bene attenzione a non rovinarmelo per non perdermi il numero spettacolare di Nonno all'ospedale. Se mai sentii l'urlo di Tarzan e il brivido che ne deriva mentre s'attacca a un'invisibile liana per superare una vegetazione ostile, fu nel momento in cui Nonno si mise a fendere la folla in fila nel reparto oculistico dell'ospedale Maria Vittoria. Finché non trovò un uccellaccio fin troppo esotico, anche se perfettamente intonato all'ambiente. Una suora. Ma non di quelle che conoscevo. Una che sentivo chiamare "sorella", ma non avrei saputo dire di quale genere umano. Finché Nonno non risolse il rebus: era "disumana". Così si mise a chiamarla più volte mentre "sorella disumana" gli voltava la schiena impedendogli di saltare la coda con me che quasi soffocavo aggrappato alla sua spalla e seminascosto nell'ampio bavero del suo cappotto marrone. Feci in tempo a vedere, prima di uscire dall'ospedale, le suole nere e pesanti di "sorella disumana": erano le stesse che le impedivano di prendere il volo come invece parevano prometterle le ali bianche che, anziché essere appuntate sulle spalle, aveva al posto delle orecchie e che si misero inutilmente a vibrare.

Mentre a prendere il volo fummo Nonno e io, pronti in un baleno a prendere il tram di via Cibrario. Fu lì che venni sottoposto a una sorta di ulteriore terapia. Seduto sul sedile di legno come il numero di attrazione, e cioè come "l'ometto con un occhio solo", dovevo leggere l'ora esatta sul quadrante dell'orologio che campeggiava al centro del tram. Intanto Nonno, perché tutti mi guardassero, sfoderava la voce alta e sonora, traboccante orgoglio e vanto, di un imbonitore. La mia lettura durava un tempo eterno, ma finiva trionfalmente in prossimità del mercato di Porta Palazzo. Mi ricordo infatti che lì raccoglievo i frutti dell'ora esatta e riuscivo a vantarmi, con gli spettatori del mio numero, di riuscire a vedere anche le bancarelle, e non a metà ma per intero. L'occhio guarì senza bisogno di altre prestazioni ospedaliere. Fu Nonna a dire "è stato un vero miracolo". Ma i "miracoli" Nonno li faceva anche per delega. Stanco di prodigarsi, incaricava un suo collaboratore di fiducia perché li facesse in vece sua. Un "vero miracolo" fatto per delega fu l'arrivo, in casa nostra, di un televisore. Non so se fui più sorpreso che contento nel vedere che il delegato di turno era mio padre. Nonno gli aveva graziosamente concesso di comprarci un televisore, uno dei primi in circolazione. Fu un fatto clamoroso, una specie di moltiplicazione degli occhi, che venne a sconvolgere non solo le nostre abitudini ma anche la complessa geografia delle ringhiere. Il clou della rivoluzione (o del miracolo) coincise coi giorni del Festival della Canzone di Sanremo. Poiché nessuno possedeva un televisore non solo nel nostro rione ma nemmeno in ogni quartiere che andava dalle Ferriere a via san Donato, vennero a vedere Sanremo da noi le Magne e i Barba (cioè le prozie e i prozii) con i loro figli che abitavano sia le nostre ringhiere che quelle "forestiere". Il più autorevole dei Barba era anche, tra i fratelli di Nonno, il suo maggior rivale: Barba Arturo. Diventato poi Cavaliere e notabile di una congrega di Salesiani, lo vedevamo sfilare tra le autorità nella processione di Maria Ausiliatrice. Per il Festival, veniva da noi con un proprio seggiolino, l'aria austera e competente, la faccia ampia e volitiva, capace di imporre il silenzio con un sibilo, quando ci voleva, anche ai padroni di casa. La casa non era più di nessuno, non era più la stessa, col televisore che pareva averla mangiata viva, con la cucina messa a soqquadro, i mobili in parte tolti e in parte spostati per far posto alle seggiole, le nostre e quelle portate dalle case dei parenti più prossimi.

Ma bisogna pur dire che la Pasqua "del grissino spezzato" non sarebbe stata completa senza il televisore. Poiché pochi giorni prima mi ero ammalato per via di un litigio che i miei genitori avevano avuto a causa di Nonno, il Venerdì Santo mio padre aveva piazzato il televisore nella stanza da letto dove dormivo coi miei. Coricato nel loro letto, mi siedo per mangiare una minestrina nella scodella che mamma mi ha messo su una sedia imbandita vicino al letto. Mangio e intanto piango guardando Gesù che sale il Calvario. Ma ho come una sensazione di grande conforto, come una serenità sbocciata da una tempesta. Mamma viene a vedere se mangio la minestrina. Improvvisamente mi accorgo di avere un grande appetito e affondo il cucchiaio tirandolo su colmo di "stelline" mentre sento mia madre che dice "vai adagio, gioia". Comunque sto attento che nemmeno una stellina cada dai bordi del cucchiaio e dall'orlo della scodella. Le stelline che cadono, anche dalla mia bocca, le raccatto a una a una dalla tovaglia e me le rimetto in bocca quasi con devozione. Poi mi accorgo di cercare qualcosa che vagamente somigli a ciò che sto guardando: l'atroce trasporto della Croce da parte di Gesù. Così lascio che alcune "stelline" cadano (o le faccio cadere) sul pavimento. E subito le raccatto con voluto disgusto. Sia mamma che Nonna non mancherebbero di rabbrividire a questo mio gesto. Furtivamente, sebbene mamma sia già tornata in cucina, me le caccio a una a una in bocca, così che il mio appagamento passi attraverso uno schifo ispirato. Ho ancora fame, ma non chiederei del pane neanche morto. E infatti rispondo di no quando mamma arriva con le mele cotte e mi chiede se voglio anche del pane. So come lei rimprovera a suo marito il "troppo pane" che mangia e ho ascoltato quando Nonna a Natale ha detto, alludendo ai consuoceri, "da quelli là neanche una pagnotta di pane". Sento un eroismo improvviso colmarmi per la rinuncia del pane e una rabbia che monta con una voglia ininterrotta di piangere. Mentre in televisione è stato detto da padre Mariano che si deve stare in pace soprattutto nei giorni di Pasqua, mi chiedo sconsolato perché, in casa nostra, soprattutto quei giorni sembrano i più battagliati.

Una risposta a questa domanda parve venire stranamente il Natale successivo, quello del millenovecentocinquantasei, ancora sotto forma di ciò che Nonna avrebbe chiamato "un miracolo". Un miracolo che però sembrava, questa volta, escludere l'intervento sia diretto che indiretto di Nonno. E sull'ideale ribalta famigliare dove avanza faticosamente mio padre, il riflettore che ne illumina la figura intera, ecco che si restringe a un dettaglio: le sue mani. Un attimo solo e poi la scena cambia di nuovo, diventa più cinematografica che teatrale, e tende ad allargarsi e a fare uno stacco su figure natalizie che arrivano principalmente dall'esterno, dalla ringhiera. Nella stanza da letto, dove dormo ancora coi miei, qualcuno ha già scartato per me i doni di Gesù Bambino: il solito camioncino e il solito trenino, col loro bagaglio di biscottini e cioccolatini. Sono gli unici regali che trovo al mio risveglio sul tappetino che divide il mio letto da quello dei miei. Non sono mai una sorpresa, e non mi danno una grande emozione. So chi li ha mandati, che non è affatto Gesù Bambino. So da dove proviene il loro carico di dolci. E poi camioncini trenini slittini sono aggeggi che, guardati una volta, lasciano in me il tempo che trovano. Provengono tutti dalla pasticceria il cui retrobottega sta proprio sotto di noi, e la cui vetrina si affaccia su via Livorno dove in bella fila fanno mostra di sé tutti i negozi di Nonno, pasticceria compresa. No, la sorpresa non arriva mai da lì: non arriva mai dai due anziani pasticceri che ogni Natale fanno a gara per avere il privilegio e l'esclusiva di portarmi "il bambino" cioè il loro regalo di Natale. Invece, "il bambino" arriva, in carne e ossa, a metà mattina, trafelato. Arriva, precipitosamente, dalla ringhiera del terzo piano. Si chiama Giulio ed è mio cugino. I doni che mi porta a vedere sono i suoi, e non li porta tutti in una volta, sono troppi. Risale e riscende le scale, ogni volta con un regalo diverso. A farmelo piacere, il regalo, e anche un poco invidiare, non è mai il regalo in sé ma la furia appassionata con cui Giulio me lo mostra: la sapienza segreta con cui sa coltivare ogni dono sotto la sua fronte bianca e dietro i suoi occhi di un celeste fin troppo vivo, una sapienza lontana da me anni luce. I doni che riceve sono tutti legati al suo meccano, al suo traforo, al suo studio di fotografo con la camera nera. Insomma, a tutta una serie di lavori manuali per cui Giulio è una specie di genietto in erba. Infatti a scuola è bravissimo in aritmetica mentre io sono una schiappa, ma mi rivalgo su di lui con la condotta; tanto è vero che, in una foto di classe della seconda elementare, mi si vede con la medaglia puntata sul grembiulino e un'aria da angioletto perfin timoroso di guardare l'obiettivo; la testa un poco abbassata mette in evidenza la molletta di mamma che trattiene la ciocca sul lato sinistro, mentre Giulio ha il ciuffo biondo che gli scappa dalla fronte e guarda l'obiettivo come se volesse incendiarlo. Quel Natale, il primo dono che Giulio mi porta a vedere è, stranamente, un libro. Si chiama *Cuore*. E Giulio pare bruci di passione per un capitolo del libro che ha già letto: "Dagli Appennini alle Ande". Non so come tutto questo, questa strana geografia tra ringhiere e sud America, porti nuovamente al dettaglio bene illuminato di cui parlavo prima: le mani di mio padre. Fatto sta che, due giorni dopo, mi trovo di fianco a mio padre che mi prende la mano, come non ricordo che fosse mai capitato prima, e mi fa attraversare la via che dritto dritto porta dal cartolaio Cornelio. Qui, dopo aver ritirato il libro *Cuore*, me lo porge e in quel momento io sento entrambe le sue mani: una che va a carezzarmi la nuca mentre l'altra si posa sulla mia spalla per farla volgere verso l'uscita, dopo avermi invitato a salutare *monsù* Cornelio. Quelle mani ebbero un seguito. Adesso, quando mio padre spezzava la biova, io facevo in tempo a distogliere per un attimo gli occhi dal Nonno e a volgerli alle mani di mio padre con la netta convinzione che quella biova fosse davvero sua, il suo pane. Neanche Nonna pareva più avere dubbi in proposito. Con un viso buono e devoto, dove la sottomissione aveva scavato piccoli cunei d'infelicità affioranti in giaculatorie, ma anche rivoli di gaiezza da cui zampillavano proverbi, poesiole e filastrocche in gran parte ereditate dal padre (un postino amatissimo che al paese era passato alla storia col nome di "Tunin poeta"). L'andirivieni di Nonna dal fornello al tavolo sembrava fatto apposta per servire a suo genero altri pezzi di bollito, insistendo perché se li lasciasse guarnire con altre forchettate di spinaci al burro e altre cucchiaiate di purea. Mio padre abbassava il capo come avesse ricevuto una benedizione in chiesa, mentre il vescovo Nonno, a capotavola, pareva aver spento i suoi fulmini in favore di una luce azzurrina radiosamente democratica. Anche lo smalto che la *pennoira* Maria aveva dipinto sulle unghie di mamma rifletteva un suo rosa tenue e mansueto, riuscendo addirittura a carezzare una spalla di mio padre. Mi sentivo felice e dalla spalla risalivo ai suoi occhi, liquidi e tremuli come una notte di luna. E mi accorgevo anche di quel suo sudore, che gli rivestiva la faccia come una guaina. Ce l'ha anche quando gioca a carte nel bar, dove sta più volentieri che a casa. Anche Nonno va a giocare a carte nello stesso bar, che è suo e conclude la fila dei negozi di cui è padrone. Ma le sue mani, infestate di eczemi per le molte medicine che prende, tengono le carte in modo impreciso, con le dita più pronte a grattare le zone infette che a reggere il gioco. Nel quale si distrae e perde. Mio padre no, non perde mai. Per questo si è costruito la fama di imbattibile e di fortunato e per questo gli altri giocatori lo temono e spasimano per poterlo sfidare. Nelle nuvole di fumo che mio padre, accanito fumatore, contribuisce a creare, la sua faccia bruna raccoglie le sfide, attenta e scaltra e in perfetta sincronia con le mani, che padroneggiano bene le carte, le fanno sgusciare dal palmo, le aprono a ventaglio, le ordinano, le spostano, le lisciano. Mani grosse e piene di calli che non si vedono ma si sentono al tatto (li ho sentiti la volta del libro).

La storia delle sue mani sembra non finire più. Eccole ora rispuntare dietro un corteo di Magne (le spose dei fratelli di Nonno) che hanno nomi strani e caratterizzanti, imprescindibili dalla loro immagine e dal loro modo di vivere. "Le mani di Mario!" dice, sospirosa nell'elogiarlo, Magna Consolina Prospera. Due nomi che sono un bisticcio tanto sono incomunicabili, ma che stanno in pace se chiamati uno per volta. Consolina indica la donna che va consolata perché abbandonata dal marito che se ne è andato in Argentina con un'altra donna. Prospera invece dipende dal tono con cui lo pronunci: se ironico, vuol dire che tra le cognate è quella più povera e dalla vita più tribolata; se grave e contegnoso, indica quella che fa la sarta, mestiere che secondo Nonna rende "ricca una donna anche se povera". Ma è sempre e solo Consolina, quando si vuole indicare una che è stata in Africa durante la guerra, ha messo al mondo due figli, e ha perso il marito perché si è innamorato di un'altra sarta con la quale è fuggito. Tutto il contrario di quello che è capitato alla *pennoira* Maria, che in Africa ha trovato il suo uomo, sebbene sia il marito di un'altra, rimasta in Italia. Nel dire "le mani di Mario!", la Magna era più Prospera che Consolina. Voleva infatti indicare qualcosa di raro e prezioso. Quel suo nipote preferito aveva la fama di saper aggiustare tutto, comprese le liti tra i cinque fratelli che erano continue e incessanti. E ci teneva a dirlo di fronte alle cognate, anche perché erano rimaste delle questioni irrisolte, ma non tanto tra loro quanto tra i loro litigiosi mariti. La casa di via don Bosco 31 era il gran pomo della discordia: un relitto bellico comprato da Nonno e da suo fratello Arturo, poi restaurato con la collaborazione discorde delle loro teste. Infatti, presentava altezze diverse, materiali diversi e perfino stili diversi, rispecchianti le rispettive e irriducibili rivalità. L'intero restauro era stato eseguito con la forza delle braccia dei cinque fratelli, ma "le mani erano solo di Mario!". Infatti, tutte le Magne portavano al nipote acquisito, perché li aggiustasse, orologi a muro, orologi a cucù, sveglie, sedie spagliate, sgabelli rotti, tiretti inceppati, tavolini azzoppati, lampade morte oppure lo chiamavano nelle loro case per prese da sistemare e fili elettrici da collegare. Magna Consolina, che aveva il marito lontano e non più in grado di questionare con nessuno dei suoi fratelli riguardo alla spartizione sempre precaria di quella casa, arrivava addirittura al punto di attribuirne l'intera edificazione a mio padre. Essendo poi l'unica che potesse dire apertamente quel che pensava e perfino esagerare senza alcun timore di venire smentita, sosteneva che la casa di via don Bosco, senza mio padre, sarebbe rimasta *"al pian dij babi"* (al piano dei rospi). Nonna Cordelina, non volendo esser da meno nel magnificare le doti del genero, e trascinata dalla cognata ai paragoni col regno animale, concludeva surreale e poetica: *"bon a fé 'l bec a 'n passaròt"* (capace di fare il becco a un passerotto). E così, sul nostro prato al paese, nel mese di agosto, il consesso delle Magne intorno a Nonna e a mia madre dava fondo, chiacchierando, a tutte le arti manuali del caso: il ricamo il cucito il rammendo l'uncinetto i ferri da maglia. Mani laboriose sembravano occupare non solo il prato, ma ogni realtà possibile e immaginabile: anche quella, ancora tanto oscura, ma che pian piano dava un poco di luce, ancora lontana, ancora fioca, ancora confusa, alla figura di mio padre.

2. BEN HUR NELLA STANZA DA BAGNO

Poi vennero i giorni della follia. Avevo ormai nove anni.

Lasciando la casa di via don Bosco, mi ero portato dietro un'immagine nuova. Talmente nuova che andava perfettamente d'accordo con tutte le novità che ci aspettavano nella casa di largo Orbassano:

"Una tavolata di soldi".

Così Nonno aveva titolato il quadro al centro del quale si era messo a contare delle banconote: colonne di mille lire stese sul tavolo della cucina, come una tovaglia molto speciale.

"Un milione!"

Aveva esclamato. Ma senza lo sguardo di quando le sillabe gli uscivan dagli occhi, prima ancora che dalla bocca. Li teneva sotto le palpebre gli occhi, svuotati come la cassaforte dove aveva tenuto nascosti tutti quei soldi.

Non osava guardarmi.

Solo anni dopo saprò che quei soldi erano pochi e il frutto di una palese ingiustizia. Ero lontano anni luce dallo scoprire il tradimento: quello di un padre ai danni di una figlia, alla quale non lascerà in eredità che quel milione e nessuno dei suoi numerosi beni immobiliari. Ma allora quel milione mi apparve come un tesoro. Un tesoro che lui, con la consueta magnanimità, aveva donato a sua figlia e a suo genero mentre questi da ingrati lo stavano abbandonando e tradendo.

"Sono per tua madre e tuo padre!" aveva aggiunto, con un cenno rivolto alla tovaglia dei soldi. Volessi ora definire il tono con cui lo disse, direi di controllato smarrimento. Come quando gli prendevano certi attacchi improvvisi di umiltà o come quando la sua voce si lasciava trasportare da Nonna nel dire " 'l Bin" (ovvero il "Bene", come chiamavano il Padre Nostro recitato la sera nel letto).

Aleggiava, su quel milione accampato, una polvere di cenere. Un velato pentimento per un'ingiustizia programmata? Certo la "generosità" di Nonno, tradotta in cifre, dovette scontrarsi con quella parte di me paurosa dei numeri, che lui conosceva bene e rispettava abbastanza. Infatti, tolti i numeri dell'orologio del tram, che estraeva dalle mia bocca come da una scimmietta ammaestrata, non aveva mai manifestato alcun rimprovero di fronte alle mie vergognose battaglie con le tabelline. Per cui era naturale che non mi avesse guardato negli occhi (lo fece poi, con un'aria da commerciante che sa il fatto suo ma che stentai a riconoscere) e che avesse manifestato una certa cautela mentre, per la prima volta, guardavo un così straordinario cumulo di cifre diventate carta.

Nel quartiere nuovo, la prima cosa che vidi fu che nessuna ciminiera sputava fumo all'orizzonte. Al posto delle Ferriere, c'era una ferrovia che solcava prati a vista d'occhio e, prima dei prati, un corteo di palazzoni alti dove il nostro, di ben nove piani, era il più alto e formava una specie di curva ininterrotta. Un po' come se la campagna si fosse messa a produrre abitazioni di una smisurata mania di grandezza.

Il verde all'orizzonte, poi, si collegava in qualche modo al nuovo mestiere di mio padre che si era messo a commerciare in mele col fratello Giuseppe. Guardando i prati e più oltre la catena dei monti che si vedevano dal nostro balcone, non era difficile immaginare piantagioni di mele in qualche vallata verde aldilà delle montagne e il "Leoncino" FIAT con alla guida mio padre mentre raggiungeva un posto chiamato Trentino, dove di mele ce ne erano montagne.

Se stringevo lo sguardo, sotto il balcone vedevo l'ingresso di un bar. Non smetteva mai di suonare. Tanto che potevi immaginare i teddy boys mentre, senza mai staccarsi dal juke-box, ballavano il rock and roll come se non facessero altro nella vita.

Visto da fuori, il nostro palazzo mandava bagliori, solo che lo sfiorasse il sole. Era di una sostanza piastrellata che s'illuminava facilmente come un pavimento che si fosse stufato di star coricato e si fosse alzato in piedi. Le ampie vetrine dei negozi facevano accomodare gran parte della luce all'interno per illuminare i loro oggetti, specie gli elettrodomestici, come fossero creature vive e palpitanti.

Un altro mondo.

Ma non tale e non tanto che il vecchio mondo delle ringhiere non reclamasse ancora i propri diritti. In un modo subdolo e indiretto, contentandosi apparentemente di un solo giorno alla settimana, la domenica. Per cui andare ogni domenica a mangiare dai Nonni era un modo per travestire da festa sia il risentimento del Nonno patriarca che la disperata richiesta di perdono da parte di sua figlia. Per mia madre ogni giorno della settimana era una colpa. Che espiava pulendo e ripulendo le due stanze più servizi di cui si componeva il nostro alloggio in affitto; ne faceva brillare marmi e i parquet fino a farli diventare quasi impraticabili come lo spazio di un museo che andasse contemplato più che vissuto. Io dormivo ancora nella stanza dei miei, in attesa del piccolo divano letto di similpelle amaranto che per anni avrebbe custodito il mio sonno nella sala da pranzo. Ai massicci mobili chippendale della stanza da letto era stata sottratta la petineuse, spostata nell'ingresso, per far posto al mio lettino che occupava il muro dalla parte della finestra. Oggi, più che un lettino, lo ricordo come l'ultimo ostacolo di una corsa a ostacoli: il traguardo, o il punto d'arresto, dove si spegneva la difficile corsa di mia madre (svolta sovente con le pattine) per tutto l'alloggio, nel tentativo di raggiungermi e picchiarmi. Brutto affare che però si fermava sempre alle minacce, mai degenerando nelle vie di fatto. A meno che le botte ricevute, che non ricordo, non venissero anestetizzate dalla mia preoccupazione di non disfare le immacolate coperte, sia del letto matrimoniale che del mio lettino.

Le cause di quelle corse furibonde resteranno per sempre in un fitto mistero. Avviluppate in una sostanza gassosa, inafferrabile, sproporzionata e anche stupida, così come lo stupido morso d'una mela era bastato per scatenare colpe universali.

Forse l'inseguimento di mia madre non si arrestava davanti alla doppia barriera dei letti, ma all'angelica schiera dei putti che, fattisi guardiani e protettori di un mondo pacifico, festonavano i due lati della coperta di seta matrimoniale, regalo di nozze di cui andava fierissima. Ma continuo a credere che, anche potendo, non mi avrebbe picchiato. E poi, di botte che io ricordi nella mia infanzia e prima adolescenza, continuano a mantenere un assoluto primato quelle di Nonno.

No. Si sarebbe limitata a strattonarmi la maglietta e i pantaloncini ancora corti ritraendo le mani da quella troppa ciccia che cominciava a riempirli, visto che avevo preso l'abitudine di strafogarmi nel cibo mentre lei lo toccava appena.

I nostri contatti fisici, se mai, erano di tutt'altra natura.

Li potrei definire di un'esultanza eccentrica o di una sostanziale follia. L'inoffensiva follia degli inseguimenti per casa si alternava a momenti di tregua dove campeggiava un'altra follia, non so se più spiegabile. Certo, era qualcosa che ci inebriava. Qualcosa che ripristinava, in quel nuovo quartiere, la nostra disperata fusione, impossibile altrove. Qualcosa che poteva accadere in un solo luogo e vi accadeva con un automatismo che nessuno dei due padroneggiava: l'ascensore. Nel nostro palazzo ce ne erano due. Il primo, come una gabbia con griglie di ferro, un enorme scatolone spedito su e giù tra i piani, che si chiudeva con un frastuono duro e metallico; l'altro, incastonato come uno scrigno d'argento nel muro opposto, appariva con un soffio e s'apriva come un "apriti sesamo". Era su questo, nella sua cabina illuminata a giorno, che avvenivano gli incontri clandestini tra me e mia madre. Dove ci compenetravamo. E dove penetravamo anche la vastità dei pianerottoli che sconfinava con una vastità di vite ignote, per le quali l'unica parola che sapevamo trovare era "signorili". Gli alloggi che abitavano non erano tutti piccoli come il nostro: alcuni erano vere e proprie regge, che avevamo solo intravisto, come quella della famiglia del medico, che era il nostro padrone di casa.

L'ascensore, giunto al nostro piano, faceva un piccolo gemito che poteva sembrare uno sbuffo o un irresistibile invito. Mia madre escludeva subito il primo e abbracciava il secondo. Aprendo i due battenti con gentile riguardo, entrava per comunicare immediatamente con ciò che sembrava nato con lei e per lei: lo specchio. Nessun abito, nemmeno il più luttuoso, le avrebbe impedito l'esercizio di una sua sfolgorante bellezza. Tutta l'energia che pareva aver disastrosamente perso qua e là lungo la giornata le tornava immediatamente. Centuplicata. Lei, allo specchio, cancellava ogni cosa intorno e io, benché vistosamente ingrassato, nemmeno riuscivo a vedermi. Assorbito da lei, mi veniva naturale abbracciarla per nascondermi in lei. Ma i miei occhi affioravano e la vedevano specchiarsi. Per prima cosa corrugava la fronte come un'esaminatrice severa; scrutava la propria immagine ma non più in cerca di colpe: le sopracciglia, rimaste bionde rispetto ai capelli castano chiaro, s'aggrottavano un poco come due creature sul punto di andare in esilio. Ma poi i due occhi, radiosi, le richiamavano in patria. Non c'era nulla che potesse oscurarli, al contrario tutto l'argento increspato che circondava lo specchio sembrava fatto apposta per estrarne ancor più la sostanza celeste. Sembrava davvero impossibile che qualcosa di me potesse somigliarle: non il mio incarnato olivastro in confronto al suo pallore che un niente macchiava di rosa, né i miei occhi piccini di un nocciola sporco di verde come quelli di nonna Carolina. Ci vorrà il verdetto di un'anziana "signorile" per ristabilire le giuste distanze. Doveva essere anche un'esperta d'arte. Portava al collo un nastro di velluto marrone con al centro un cammeo color crème; portava gli occhiali a pince-nez e i capelli argentati avvolti in una retina; e parlava con una raffinatezza inaudita.

"Una miniatura inglese" aveva detto del viso di mia madre, incontrandoci sull'ascensore quella volta che, per prolungare i nostri abbracci, eravamo saliti per poi ridiscendere fino al nono piano dove la signora era entrata, apparentemente senza vederci. Poi, guardando di sfuggita mia madre, ma già tutta rivolta al tasto che avrebbe premuto per scendere ai piani bassi, aveva emesso l'augusta sentenza come una valutazione personale, solitaria, che né mia madre né io dovevamo o potevamo capire, essendo la miniatura inglese un argomento che entrambi non avevamo mai nemmeno sfiorato. Era bastato, per spedire il volto di mia madre nell'empireo di un prestigio smisurato (io nemmeno sapevo cosa fosse una miniatura) che me lo aveva reso all'istante ancor più desiderabile, come se fosse appartenuto non solo a uno spazio ma anche a un tempo irraggiungibile. Per annullarli entrambi l'unico modo era, ancora, l'amplesso. Ma con una variante. Fondamentale.

Da allora in poi, l'abbraccio nello spazio esiguo dell'ascensore diventò meno pacifico: un gioco quasi feroce, quello di prenderci a colpi di guance. Capitolavamo l'uno nelle braccia dell'altra in una parodia sgraziata dei baci passati; in una caricatura grottesca delle effusioni, senza le quali non potevamo vivere. Vinceva chi, nello strofinarci i visi di striscio, faceva più male all'altro mentre il resto del corpo subiva l'ebbrezza dell'ascensore come un motore pronto a farci sferrare, tramite i nervi diventati pulegge, l'attacco dei volti.

Naturalmente tutto finiva tra risa e lamenti (non sempre finti). Usciti dall'ascensore, decretavamo chi avesse vinto. O perso.

Visto adesso, potrei pensare a quel nostro primo ascensore come a una specie di totem. A un idolo mobile attraverso cui perdevamo i confini con la vita passata, proiettandoci in quella futura, fantastica e dai poteri inauditi. Schiacciando un bottone potevamo attraversare stratificazioni del mondo sociale cui ambivamo con un disperato abbraccio che stabiliva, rinnegandolo, il mondo delle ringhiere da cui venivamo. Saldavamo il presente al passato, senza più un rischio tra noi che non fosse la giostra grottesca delle nostre indurite mascelle.

Ma certo fu dalla "miniatura inglese" che ebbe inizio, o si potenziò, quel bisogno di uniformarmi anch'io a un qualche modello ideale che le somigliasse. Se non potevo fondermi con mia madre fuori da un ascensore, avrei cominciato a farlo in altri luoghi, dove almeno mettere in opera i miei tentativi di somigliarle.

Qualche volta mi chiedo se non poteva andare diversamente. Se, invece che a mia madre, avessi voluto o potuto somigliare a mio padre. La risposta ovviamente non c'è. Come non c'è per chi si chieda perché mai è venuto al mondo, senza averlo prima richiesto. Dire che rientravo in qualche piano celeste mi rimanda solo al celeste di un paio di occhi, e a null'altro. Occhi che, nel succedere del tempo (magari nel tempo breve di un brusco risveglio) ho visto cambiare su di me: risplendere oggi per l'incanto della mia infanzia, offuscarsi domani per l'obbrobrio della mia adolescenza.

Mentre gli occhi bruni di mio padre, in tutto quel celeste mutevole, sono come una manciata di terra gettata contro il cielo. Magari pieni di buona volontà, ma senza consistenza. Le sue mani avevano ripreso il suo mestiere preferito, quello che aveva svolto negli anni gloriosi della sua campagna d'Africa, come conducente di camion. Solo che ora il camion lo guidava in pace e per una missione che a me sembrava tanto utile quanto lontana (come tutto quel che faceva). Se si occupava di altri bambini, era per portargli le mele da un luogo chiamato Trentino. E cioè le sue mani continuavano a far sospirare qualcuno ("le mani di Mario!") ma non certo me che, quelle mani, quasi non le vedevo più a causa del suo continuo viaggiare. Sentii dire da qualcuno l'espressione "il pomo della discordia", e a me venne subito istintivo modificare la frase e chiamare quel pomo "il pomo dell'indifferenza".

Ma c'era un antidoto contro l'indifferenza. Un luogo col quale nessuno sguardo e nessuna mano poteva competere. Un luogo dove potevo somigliare a mia madre nei suoi momenti migliori e ignorare mio padre nella sua assenza. Un luogo dove mi pareva di volare oltre ogni dimensione possibile benché fermo e inchiodato su una poltrona sprofondata nel buio di una platea. Un luogo dove a nessuno importava il mio essere donna o il mio essere uomo, perché il mio essere donna si poneva con assoluta prepotenza al di sopra di ogni possibile giudizio, fosse anche quello di Dio.

Il cinema Astor si trovava in centro. E fu il primo cinema dove entrai dopo il trasloco nella nuova casa. Arrivò come l'apoteosi di una storia che, anche senza il coronamento di un film guardato su uno schermo, si era annunciata già molto avventurosa, per non dire turbolenta. A cominciare dalla portinaia del nostro stabile. Una volta mia madre e io eravamo stati beccati da lei, mentre, non essendoci resi conto di essere giunti al piano terra, continuavamo a strofinarci le guance al culmine di una nostra "battaglia". Non avevamo fatto in tempo a uscire dall'ascensore prima che Angela, la portinaia, ne spalancasse i battenti e ci scoprisse ferocemente abbracciati. Era un donnone pallido, con qualcosa di fragile e gelatinoso che ne rivestiva gli umori spesso indecifrabili. Ma dalla gelatina a volte erompeva, come dalla bocca di un vulcano, una lava incandescente: le sue passioni tenute segrete. Finché non dirompevano, specie nei confronti dei miei che conosceva da lunga data avendo sposato Tino, un nostro compaesano. Tino era un mingherlino mezzo sordo, dal viso paonazzo e ridente, girava con una scopa in mano e un bianco prolungamento di sé: un apparecchio acustico che non impediva a sua moglie di alzare la voce come un'ossessa.

Capitò che Angela s'innamorasse di mio padre.

E che un giorno glielo dicesse a bruciapelo.

Benché fosse donna dai ragionamenti astrusi, coi quali intratteneva solo i condomini degni della propria attenzione (anche quando avevano già varcato l'atrio della portineria ed erano saliti da un bel po' sull'ascensore) non era forse priva di una sua logica. Vedendo me e mia madre uscire dall'ascensore coi visi fumanti, doveva aver fatto uno più uno tre, e cioè stabilito che fosse giusto informare mio padre che esistevano stranezze nella sua famiglia e che altre forme d'amore erano più gratificanti di quelle coniugali: le extraconiugali.

Bisogna pur dire che la sua dichiarazione d'amore a mio padre era quasi coincisa con quella mia nei confronti di suo figlio Franco. Ma erano state irriducibilmente diverse: lei, con mio padre, aveva solo parlato mentre io, con suo figlio, avevo solo agito. Senza inutili preamboli ero passato alle vie di fatto, per maturare le quali era stato però necessario un certo training svolto proprio col contributo di sua madre, potrei dire quasi esclusivamente per merito suo.

Era andata così.

Per amor di mio padre, Angela accettava talvolta di portarmi alla pista di pattinaggio insieme col figlio ma, un sabato pomeriggio, decise di portarci al cinema Astor, dove davano un film che non voleva assolutamente perdere: *Guerra e pace*. L'Astor l'avevamo raggiunto col tram, con un tragitto che mi era parso non meno emozionante di un viaggio al centro della terra. Eravamo entrati nella sala che era già buia e col film appena iniziato. Una vastità senza confini annunciata dalla scena di un ballo tra marmi lucenti e costumi sfolgoranti proiettata su uno schermo smisurato, grande come la facciata di un palazzo. In quella mia vita nuova, non intravedevo più alcuna soluzione di continuità tra il palazzo dove abitavo e quello in cui si svolgeva la festa del film, tanto da poter tranquillamente immaginare di prolungare nell'uno la vita che si svolgeva nell'altro. Dall'Astor uscii pazzo d'amore per Audrey Hepburn. Il che voleva dire più che mai desideroso di somigliarle. Anche se l'armonia di Natascia aveva ben poco a che fare con l'irruenza con la quale, ritornando a casa (ma potrei dire "a palazzo") avrei sospinto Franco contro la vetrata in smeriglio del piano terra, e lì appassionatamente baciato. Non credo che la dichiarazione di sua madre nei confronti di mio padre avrebbe sortito un simile effetto. Era diventata, anzi, una specie di favola che ci raccontavamo a tavola con mamma che mostrava, per quella mancata rivale, una specie di sorriso indulgente. Quanto alla mia irruenza amorosa con Franco, dovette passare fortunosamente inosservata. Meno inosservato fu, invece, l'impeto con cui passammo dai baci alle botte. Mi sfugge ora il motivo per cui, giorni dopo, ci trovammo lungo il prato della ferrovia, a darcele di santa ragione, rotolando nell'erba. Che fosse, nella sua improvvisa varietà, una danza d'amore? Di Franco ricordo soprattutto il testone biondastro. Era la parte di lui che più mi capitava tra le mani. Sia che lo schiacciassi contro la vetrata dell'atrio per poterlo baciare, sia che lo rivoltassi nell'erba del prato per poterlo picchiare. Anche se mi riesce difficile ritrovare in me l'immagine del picchiatore, non avendo mai più fatto a botte in vita mia dopo di allora. Oltre le labbra sporgenti rosso fiamma di Franco, non ricordo più nulla del suo volto. Nemmeno il colore degli occhi, che potevano essere azzurri o verdi o marroni. A quella età ci si guarda poco negli occhi mentre, nella mia attuale, ci si guarda solo più lì. Il resto tende a franare senza bisogno di urti. La forza tattile che sprigionavamo nella lotta aveva a che fare anche coi fragori causati dal passaggio dei treni. Giocavamo ad assaltarli come immaginarie diligenze che aspettavamo acquattati tra le immaginarie rocce di un canyon. Passato il treno, la lotta avveniva tra l'indiano assalitore (io) e il postiglione portavalute (Franco). La cosa inspiegabile è come solo in quella occasione io non mi sentissi la piccola e indifesa squaw che sempre ero stato in altri giochi con altri ragazzi. Forse con Franco avrei potuto coltivare un'identità di genere che mi avrebbe condotto su quella che, allora, era considerata la sola normalità possibile? E appartenere in tutto e per tutto al genere di cui indubitabilmente portavo i tratti esteriori? Insomma, avrei potuto con Franco approdare a una possibile eterosessualità? Ne dubito.

Infatti, ben presto arrivò chi mi restituì l'identità in bilico. Chi mi diede la calma certezza di quello che ero e di quello che sarei stato fino a oggi. Si chiamava Cortazza, un nome degno di tanta impresa. Era il capo di un gruppetto di ragazzi che faceva scorribande nel nostro quartiere, e portava il nome del suo capo: "la Cortazza". Quando il treno tardava a passare o era già passato, mentre ancora io e Franco attraversavamo il corso a precipizio per non perdere un'altra occasione di assaltare la diligenza, scrutavamo l'orizzonte oltre la ferrovia caso mai dai prati fosse spuntata "la Cortazza". Il forte da cui sembrava provenire poteva essere la rozza costruzione in cemento che torreggiava in lontananza sui prati, la sola che desse l'idea di una fortezza irta e inespugnabile: il tozzo campanile di una chiesa chiamata "del Bambin Gesù". Immaginavo pure che, essendo la Francia oltre la catena montuosa all'orizzonte di cui la fortezza sembrava solo un avamposto, Cortazza fosse anche un antico capo gallo. Ma essere capo di quelle zone remote gli dava l'aura e il privilegio del barbaro, ma anche indubbi svantaggi. Per esempio, non poter assaltare la diligenza anche dal proprio balcone di casa e cioè da dove io e Franco, con una gara di fiati, potevamo soffiare il cartoccio infilato nella cerbottana per vederlo atterrare sul prato aldilà del corso dove correvano le diligenze.

Ma Cortazza aveva ben altri poteri.

Nel modo più imprevisto, un tardo pomeriggio, "la Cortazza" ci comparve davanti sul prato lungo la ferrovia. "La Cortazza" al completo, col suo capo Cortazza e i suoi armigeri: due come guardia del corpo e due come retroguardia. Altre truppe non c'erano. Ma certo Cortazza valeva per mille. Non potevi che guardare lui, fosse anche stato un esercito quello al suo seguito. Lui che intorno a sé pareva rendere tutto invisibile, espandere una luce accecante come il sole che oscura i satelliti. Ma quel che soprattutto abbagliava, come se fosse l'unico vessillo che sovrastava qualsiasi arma avesse indossato, erano gli occhi. Verdi. Come smeraldi che usasse per pietrificare o incantare, prima di batterlo, qualsiasi nemico gli si fosse parato davanti. Sentii le gambe tremare. Sentii fulmineamente che non potevo essere io quel malcapitato nemico. Sebbene Franco, improvvisatosi mio attendente, mi sgomitasse perché raccattasi la cerbottana che, nel frattempo, mi era caduta di mano.

Non avevo mai visto un così bel ragazzo!

Era di proporzioni perfette. In mano teneva un bastone impugnato come una lancia. Forse risultava non tanto alto, solo perché gli mancava una cavalcatura. Era sicuramente un guerriero degno di avere un cavallo perché l'apertura delle sue gambe componeva un arco nervoso e provvisoriamente inutile: un cavaliere temporaneamente a piedi. Se non si fosse chiamato Cortazza, si sarebbe potuto chiamare Lancillotto. (*I Cavalieri della Tavola Rotonda* avevo fatto in tempo a vederlo, al cinema Diana, poco prima del trasloco dalla casa dei Nonni). Infatti, con gli occhi mi misi, per qualche istante, a frugare nell'erba finché il mio sguardo si spinse fino alla torre laggiù, in cerca di una qualche Ginevra-Ava Gardner.

L'effetto successivo, inspiegabile, fu la tentazione di compiere un gesto eclatante, una mossa di quelle che mi capitavano mentre improvvisavo certi miei passi di rumba. Ma non lo feci.

"Sei tu il capo?"

Mi sentii rivolgere questa domanda che non trovai neppure tanto brutale: il suo tono era neutro, e la voce sottile.

Fu difficile dirgli chi ero.

Balbettai un sì che voleva dire no, e subito dopo un no che voleva dire un non so.

Fu più facile fargli sapere da dove venivo, sebbene in una forma strana e reticente:

"Io non abito qui..."

Non so chi mi smentì di più, se Franco o il treno che passava in quel momento.

"Non è vero!" disse Franco o il treno.

Sta di fatto che ero sincero. Non ero lì. Ero in fondo a una qualche poltrona di una buia platea dal cui luminoso schermo un Lancillotto Cortazza non finiva più di espandersi. Finché il cavaliere senza cavallo non stabilì che stava perdendo troppo il suo tempo e così, magicamente come era arrivato, magicamente scomparve. Se lo era portato via la nuvola di fumo che era salita dal vallone dei treni, o forse aveva semplicemente ceduto a uno schermo bianco sul quale poco prima, se fossi stato meno confuso, avrei potuto leggere "The End".

Poiché un tesoro portato via dalla casa dei Nonni come unica proprietà ceduta a mio padre era il televisore, ogni volta che mi era permesso di accenderlo per guardare Rin Tin Tin, mamma diceva:

"Certo che Nonno è stato un tesoro!"

Ma io ormai tendevo a sottovalutare Nonno come tesoro, molto più propenso a considerare come un tesoro il televisore che aveva comprato mio padre, sebbene "coi soldi di Nonno".

Quel "tesoro" di Nonno andava perso soprattutto la domenica.

Ogni domenica andavamo a mangiare dai Nonni, dove avrei dovuto rinnovare il mio vecchio culto per Nonno. Ma, visto che la mia volontà giocava ormai una parte assai blanda, e senza che nessun senso di colpa affiorasse più con clamore alla mia coscienza, ci pensava mia madre a tentare di rinfocolare sia l'una che l'altro. Ne scaturiva, insomma, una pioggia di rimproveri del lunedì, cui potevano seguire tentativi, ma solo tentativi, di prendermi a botte attraverso quelle folli rincorse per tutta la casa. Il tutto dovuto al fatto che, durante la domenica, avevo bellamente trascurato o trattato il "tesoro" come "un estraneo". Non so se fosse vero e se mia madre avesse, quindi, una qualche piccola ragione. Ma certo lei scatenava su di me il suo inestinguibile senso di colpa per aver abbandonato suo padre. Su di me che, per lei, continuavo a essere il suo più comodo prolungamento, l'appendice dove le spire della sua colpa scaricavano l'incontenibile angoscia della sua domenica sera.

Nel ritorno a casa in macchina il clima che lei stabiliva era quello dell'esiliata. Non capivo se il silenzio in cui si avvolgeva fosse dovuto a un'aria assolutamente risentita, o risentita solo in ragione dello spazio sulla nuova FIAT Seicento che, diventato il regno incontrastato di mio padre, lei in qualche modo faceva gareggiare con la vecchia FIAT Millecento di suo padre, procurandosi un senso di totale estraneità e disgusto. Li guardavo dal sedile di dietro. Benché stessero seduti vicino, avvertivo tra mio padre e mia madre un baratro silenzioso: entrambi con gli occhi spalancati come due salmoni che lottano controcorrente per risalire alla loro separata origine. Su di lei gravava, tremendo, il macigno del passato, mentre su di lui già spuntavano piccole ali librate verso il futuro. Attaccato al suo volante, subiva la moglie come una pioggia sul parabrezza; le sopracciglia come minuscoli e allenatissimi tergicristalli. Aveva smesso di far corpo con la parte più intima dell'automobile, di auscultarne il motore che teneva lustro come mia madre i suoi pavimenti di marmo, e sembrava ora far corpo solo più con la parte di abitacolo vicino al finestrino come se avesse dovuto guardare di lì la strada davanti. Impegnato a guidare e a fumare nello stesso tempo, buttava via la cenere dal finestrino con una serie di movimenti perfettamente sincroni, come se il disagio aumentasse ancor più la sua precisione. O come se stesse assistendo a un incontro di pugilato, sport che adorava, di due principianti che non meritassero nessun tifo da parte sua. Solo la schiena aderiva ogni tanto al sedile, come quella di un pugile stremato dopo un round disastroso. Rattrappito in un angolo del sedile posteriore, premevo la guancia sul finestrino forzando la carezza del vetro fino a farmi male finché una qualche distrazione non mi soccorreva. Per esempio, mi chiedevo se le gomme della Millecento di Nonno fossero bordate di bianco: un segno di distinzione per cui la Seicento, che ce le aveva, poteva gareggiare e battere tutte le macchine che non ce l'avevano. Solo ora vedo come tutti quei cambiamenti ci unissero in un solo e ignoto destino: quel nuovo benessere, quel Miracolo Economico che travolgeva ogni cosa, compresa la nostra famiglia, così miseramente disgregata e rimpicciolita. Tentare di farla ricrescere ogni domenica, di riportarla agli antichi fasti, era la titanica lotta di mia madre contro lo spirito del tempo.

Suo padre, intanto, aveva obbedito a un altro spirito. Che era quello di non mollare mai, di darsi da fare per uscire, sempre e ovunque, vincitore e conquistatore. Il suo modo di reagire alle sconfitte, là dove ci fossero, era quello di abbattere o di erigere muri. E, insieme, di far espandere l'eczema che aveva sul dorso della mano. In ragione di ciò, qualcosa era inesorabilmente mutato nel vecchio assetto della casa a ringhiera. Da quella sequela di stanze una addosso all'altra, Nonno aveva ricavato una stanza da bagno grande quanto le altre, dotata di tutti i conforti che, a differenza del nostro piccolissimo bagno, parevano godere di uno spazio illimitato intorno e di una luce espansa verdognola tale da conferirle l'aspetto di "una sala del trono" (parole di Nonno). Non si era mai visto tanto lusso intorno a chi si accomodava per fare i bisogni.

Non so come, ma la nascita del bagno avvenne nello stesso periodo dell'apertura di un nuovo cinema non lontano dalla casa dei Nonni: quello della parrocchia delle Santissime Stigmate di San Francesco, dove ero stato battezzato, chiamato Cinema Umbria.

La novità ancora più grande era che ci potevo andare da solo.

Per i Nonni non era diverso che se fossi andato al catechismo. Mia madre, invece, avvertiva odore di zolfo e intuiva quanto quel mio avventurarmi al cinema da solo, forse in cerca di altre donne con cui poter crescere, fosse incendiario e potesse bruciare definitivamente il rapporto esclusivo che avevo con lei.

Fu così che si inaugurò un mio domenicale viaggio di formazione. Una mia educazione sentimentale, di cui conservo finanche l'odore, disgiunta finalmente dai precetti famigliari. Quello che andavo a vedere e a imparare ogni domenica con il batticuore era riassunto da cartelloni e locandine che comparivano all'ingresso del cinema Umbria. Andavo per lo più in galleria, sia perché bisognava salire le scale di marmo, il cui profumo caramelloso mi faceva indugiare (come se fossi avvolto in una bambagia che mi carezzava la pelle), sia perché mi piaceva il suono protettivo delle sedie pieghevoli quasi vicino al soffitto. Era come lo scricchiolio, ma per nulla inquietante, che poteva fare un banco di scuola nell'annunciare che di lì a poco sarebbe comparsa una maestra tra le migliori al mondo (la protagonista del film) che, qualunque cosa avesse detto o mostrato, sarebbe stato per me l'alfabeto della vita.

Una domenica venne proiettato *Ben Hur*.

Era un film pieno di maschi. Per lo più assai litigiosi. Ma per una mia collaudata capacità di scovare l'anima femminile ovunque, anche là dove ce ne fosse solo un barlume, vi trovai lo stesso il mio tornaconto. E poiché un film non finiva mai dove finiva (le parole "The End" non significando altro che l'inizio della sua incarnazione) anche Ben Hur seguì la stessa sorte. Benché non fosse facile dargli lo spazio vitale che si meritava un kolossal mai visto prima, quando rientrai a casa dei Nonni ebbi la felice sorpresa di constatare come la nuova stanza da bagno si adattasse benissimo a una tale impresa. Gran parte del film andò però sacrificata. Dovetti scartare moltissime scene. Furono principalmente la corsa delle bighe e le battaglie sui mari le scene diventate nella mia testa appendici inutili e superflue al film che volevo proiettare lì. Approssimandosi l'ora della cena, puntai dritto a un'unica scena, con la scusa di dover restare in bagno per un disturbo intestinale che mi aveva causato il pranzo. La controprova di questa mia trovata fu l'espressione di mamma: "Come al solito ti sei abbuffato!". E io, per avvalorarla, ero pronto anche a far scorrere ripetutamente l'acqua dentro il WC. Ma poiché la fortuna aiuta sempre gli audaci, non fu da meno con me. Capitò infatti che Nonno seguisse papà durante una partita a carte nel bar che andò per le lunghe e si protrasse fin oltre l'ora di cena.

Un silenzio mortale sembrava avviluppare la casa: la colonna sonora perfetta per far scendere Ben Hur nella "valle dei lebbrosi" dove trovava tutte le sue donne. Che erano tre. Sua madre e sua sorella lebbrose, e la sua donna per niente lebbrosa e con un bel viso roseo e tondo che mamma avrebbe definito "grassoccio". Con verve a dir poco eccezionale ero riuscito a ridurre Ben Hur a due sole scene: la scena delle lebbrose e quella, che consideravo la scena madre del film, in cui la grassoccia manifestava il suo amore a Ben Hur ricevendone un bacio. Era l'unico bacio d'amore di tutto il film. Ma la colonna sonora, che era ancora ben viva nelle mie orecchie, l'aveva reso il più bel bacio d'amore che avessi mai visto al mondo. Mi misi a cantarla, ovviamente a bassa voce e con lo sciacquone in piena attività. La mia capacità interpretativa pareva aver trovato una perfetta ambientazione. Il bagno di Nonno, con le sue piastrelle color verdolino che sovrastavano il mio capo, possedeva l'atmosfera protetta di un acquario. Un magico luogo dove calare il mio corpo negli abissi delle immedesimazioni. Riflessi e penombre (avevo anche acceso la luce sopra il lavabo, spegnendo quella centrale) dove non solo era possibile ma facilissimo il trasferimento sulla veranda dove Ben Hur e Esther si scambiavano il loro primo bacio. Lo schermo su cui proiettavo la scena era lo specchio sopra il lavabo. Al quale, per la prima scena, mi ero avvicinato con una carrellata tra la vasca da bagno e lo sgabello che reggeva la pila degli asciugamani. Potevo così comparire piano piano, con la stessa andatura delle due lebbrose a braccetto, nel cono di luce verdognola. Dal portasciugamani vicino al lavabo avevo prelevato l'unico costume adatto alla mia tripla interpretazione: un macramè con frange, simile a quelli che mia madre teneva nell'armadio con la sua dote. Per la scena delle lebbrose a braccetto, entravo pian piano nel cono di luce con il macramè foggiato intorno alla testa e le frange che mi coprivano in parte il viso; invece, per la scena della fidanzata grassoccia, me lo ero legato intorno alla testa lasciando tutto libero il viso. Soltanto in questa scena avevo anche riprodotto, a bassissima voce, la colonna sonora del film. Avevo una memoria indelebile per i brani ascoltati nel clou delle scene d'amore.

Poco prima di uscire dal set del bagno-cinema, richiamato per la cena, avevo dovuto abbassare ancor più il volume della colonna sonora fino a interromperla, anche se era ormai giunta quasi alla fine.

Ebbi modo così di ascoltare ciò che, fuori dalla porta chiusa, mia madre stava dicendo a Nonno che era appena tornato dal bar.

"Credimi, papà, non lo fa per mancanza di riguardo a te!"

Voleva scusarsi per la mia prolungata clausura nel bagno.

"E chi l'ha mai pensato?" rispose Nonno, lasciando la figlia sconcertata.

E poi aveva aggiunto: "Lascialo fare!"

Non so se trassi un sospiro di sollievo. Ero troppo impegnato nel districarmi dalla testa il personaggio di Esther, senza lasciare altre tracce che non fossero i capelli scompigliati.

Oggi, dopo quello che capitò in seguito riguardo all'accettazione di Nonno delle mie preferenze sentimentali, sarei più propenso a credere che la sua magnanimità, davanti alla porta chiusa del bagno, fosse l'ennesimo compiacimento per aver saputo aggiungere una meravigliosa stanza al complesso dedalo di quella sua casa a ringhiera. Era come se, per una di quelle beate illusioni che sanno farsi i nonni, avesse trovato in extremis un nuovo giocattolo con cui allettarmi, e impedirmi di uscire prematuramente dalla sua vita. Una stanza dei giochi con cui potermi trattenere ancora a sé, come un tempo il suo abbraccio avvolgente mi aveva trattenuto dall'andare all'asilo. Anche questa volta l'arma potente della sua seduzione aveva funzionato.

Ma non seppe mai di Ben Hur.

Perché solo Ben Hur, dagli occhi azzurri come quelli di Nonno, era riuscito a fare il miracolo. A tenere unita, almeno quella domenica, l'intera famiglia, soffiandovi sopra lo spirito di un'improvvisa concordia.

A tavola, mio padre spezzò la sua biova come non lo avevo mai visto fare: senza più alcuna forzatura, senza più alcuna remora, senza più alcuna timidezza, senza più alcuna impressione di compiere un furto.

La divise in due, con una mossa delle sole dita, che mi parve leggerissima.

3. I MAGNIFICI 7

Frequentavo le scuole medie. I miei avevano aperto un negozio di frutta e verdura a due passi dal nostro portoncino di casa. Era così ben avviato che, oltre mia madre, mio padre e suo fratello, ci lavoravano due commesse, cui si era aggiunto un garzone per le consegne a domicilio, un nipote di mio padre venuto apposta dal paese. Io andavo talmente bene nelle materie letterarie che un giorno mia madre, sapendo che il mio professore di lettere passava spesso a fare acquisti nel nostro negozio prima di rincasare, pensò di scoprirne l'indirizzo per fargli recapitare a domicilio un bel cestino di frutta. Il professor Tron era ignaro che fosse mia madre, e cercava sempre di farsi servire da lei per la grazia con cui sapeva trattare i clienti. Mentre mia madre sapeva benissimo chi fosse lui. Tanto che la sua grazia ne risentiva. Nel servirlo pativa le oscillazioni della sua emotività: rivoli di reticenza e timidezza le inceppavano qua e là le parole e la confondevano nel fargli la somma a matita, mentre l'alternanza capricciosa dei suoi stati d'animo ravvivava o sbiadiva le sue tinte da "miniatura inglese". Per cui, uscito il professore, si sentiva prostrata per non essere stata sufficientemente gentile, pescando a mani piene nel serbatoio delle manchevolezze che, in quei giorni, lei coltivava come un allevamento di perle. Un'istantanea la immortala nel suo grembialone nero. Il lapis appeso a uno spago le penzola fin quasi al ginocchio. Un cartoccio in mano pronto a essere riempito, forse di ciliegie. Pallida, sorride. Un sorriso che a me pare un rimedio peggiore del male. Il male: quel tradimento del padre che, come un tarlo, non smette mai di nutrirsi di lei. Non so chi le ha fatto la foto, ma certo corrisponde a un periodo in cui farsi fotografare sul marciapiede davanti al negozio significava anche rappresentare la fama che ci stavamo facendo per i "prezzi imbattibili" (visto che lo zio Giuseppe andava a comprare direttamente nei frutteti e negli orti) in un'era in cui la sgominante concorrenza dei supermercati era ancora di là da venire. Così come, per simboleggiare quei tempi, mio padre avrebbe potuto farsi fotografare abbracciato a un televisore mentre usciva da Casanova, il negozio di elettrodomestici che con quattro vetrine campeggiava nel centro del nostro palazzo come se ne fosse il motore a vista, la forza trainante.

Erano ancora in pochi a permettersi il lusso di un televisore. Anche gente di estrazione colta e borghese, come il Cav. Brogni, uno tra i nostri più affezionati clienti, veniva a casa nostra ogni sabato sera, e sempre accompagnato dal genero impiegato di banca, per vedere con noi *Lascia o Raddoppia*. Un "con noi" molto relativo, del resto. A me pareva che il televisore messo al centro dividesse la nostra piccola e sghemba sala da pranzo in due regni distinti: quello dove la persona molto istruita del Cavaliere gareggiava col genero nell'indovinare i quiz, confabulando e questionando direttamente con Mike Bongiorno sull'opportunità di certe domande (specie di quelle a cui non sapeva rispondere) e quello, più un sottoregno o regno di servizio, dove noi tre facevamo a gara nel non disturbare gli ospiti. Cosa d'altra parte impossibile visto che, non appena accennavamo a proferire una sillaba, venivamo bruscamente zittiti dal Cavaliere, il quale si accorgeva appena della tazza fumante di camomilla che mia madre gli poggiava sotto i candidi e maestosi baffoni a manubrio; mentre il pizzo del bancario si scuoteva solo un po', ma certo non abbastanza per scrollarvi un po' del sale e pepe che conteneva, mentre gli porgevo la sua tazzina di caffè. Un sabato il Cavaliere se ne arrivò col suo immancabile farfallino e la novità di un omaggio a mia madre. Un libriccino scritto in giovinezza: *Dall'Eretteo al Tartaro*. Mia madre lo guardò, ma non lo lesse ad alta voce. Temeva certo di sbagliare gli accenti di parole mai viste prima. Combattuta tra l'esigenza di nascondere l'indegnità per un tale dono e quella di manifestare la più gradita delle sorprese, optò per un compromesso tra i due estremi e, alzato il viso dalla frusta copertina del libro, sfoderò uno dei suoi originalissimi rossori a chiazze. Mentre col professor Tron era incredibilmente impallidita.

Dopo che aveva ricevuto a casa il cestino di frutta che con ogni cura mia madre aveva composto per lui, si era presentato in negozio e le aveva fatto un cenno non perché volesse essere servito da lei ma per invitarla a raggiungerlo fuori sul marciapiede, dove l'aveva presa da parte per farle una sfuriata in piena regola. Quando mia madre, bianca come un lenzuolo, mi riferì l'episodio, odiai quel professore e sentii l'impulso irresistibile di prenderla in braccio, stringerla a me fino a far compenetrare le nostre carni. Cospargerla di baci come una bambina non ancora cresciuta. La vedevo stordita e muta dopo che il professore l'aveva aggredita intimandole il suo feroce "mai più!". Ricordo di Tron come, durante le nostre esercitazioni scritte, girasse tra i banchi con le chiavi di casa in una mano, le faceva ballare infilandosi all'indice l'anello che le teneva racchiuse. Non so che tic fosse o da quale psicopatologia del quotidiano provenisse, ma ero più che mai deciso a non ritenerla innocente. Certo c'era di mezzo una casa. E mia madre dovette fuggire anche da quella, oltre che da quel paio di occhiali sfumati che mascheravano lo sguardo piccino e affilato come un rasoio del professore. Oltre la testa di Tron mia madre dovette guardare a uno degli ultimi piani del nostro palazzo. Cercava probabilmente il balcone di quella signora, di quella gran dama dal cameo beige, dal nastro nero intorno a un collo delicato e sottile. E cercava pure nel viso penetrante e schivo che sovrastava il cameo due lenti gentili, per vedervi riflesso il miracolo di un'apparizione: se stessa sotto forma di "miniatura inglese".

Seguirono poi più modeste difese, anche se non meno bambine. Ferita e bisognosa di conforto, mia madre si confida prima con le commesse, che la trattano da sorella minore, poi fa in modo che l'offesa patita dal professore di lettere non sfugga all'occhio piuttosto vigile della mia professoressa di matematica, diventata anche lei un'assidua cliente, e ne riceve uno sguardo intenso e rassicurante, di un azzurro non troppo inferiore a quello che le avrebbe offerto suo padre.

La Turin, come "profia di mate", quando sta alla lavagna, su di me ha lo stesso effetto di una marziana travestita da terrestre nel ruolo di un gendarme dei numeri. Una messa lì a tutela del mio principale nemico: l'aritmetica, ancor più temibile dopo che è diventata matematica. Diversamente, quando viene in negozio, si prende con mia madre una confidenza benevola e preoccupata. Sotto quelle lenti diaboliche i suoi occhi sanno commuoversi non appena scendono di cattedra e diventano umanissimi mentre seguono con apprensione ogni movimento, tra il banco del negozio e la mercanzia esposta, di quella madre tanto graziosa cui pare sfugga non solo un'equilibrata educazione del figlio, ma anche un'obiettiva valutazione del suo rendimento scolastico. Apprendo così che, per la Turin, non sono affatto quel disastro che credo. Per lei, che è una valdese di Torre Pellice, non fa proprio nulla se i numeri non sono ciò per cui Dio mi ha creato, avendomi creato invece perché io intraprenda gli studi umanistici e mi iscriva, finite le scuole medie, al liceo classico. Mia madre prende questo giudizio "come uno schiaffo". Lo dirà lei stessa quando lo "schiaffo" diventerà una sua litania, un bruciante mistero nel rosario delle sue colpe, vere o presunte, che in tarda età non si stancherà di recitare. "La più ignorante e stupida delle madri" aggiungeva anche, nei suoi furori masochistici. Mentre io l'assolvevo, consapevole che il suo sogno di vedermi ingegnere rientrava in un'epoca dove il progresso scientifico e tecnologico la faceva da padrone ed entrava con prepotenza anche nel nostro negozio attraverso l'*allure* che emanavano certe clienti mogli di affermati ingegneri. Mia madre era consigliata e spalleggiata da queste, che le facevano sentire come un madornale e antiquato sproposito lasciare che un figlio unico intraprendesse la carriera del professore di lettere. Così che anche lei sentiva, nel suo piccolo, di poter cavalcare l'onda della modernità.

Tra gli estremi dell'ingegnere e del professore, fu la parrocchia a porsi come felice intermediario. Non per una vocazione di fare il prete, che non mi sfiorò mai, ma per quella di fare il teatro, che avevo in cuore da sempre. Non che pensassi già di fare l'attore da grande, ma fare l'attore sempre e comunque, cioè tentare di essere quel che non ero soprattutto riguardo al mio genere, era praticamente ciò che facevo ogni giorno. Recitai in parrocchia una farsa di Cechov: *La domanda di matrimonio*. Nella parte del padre. Non mi dava certo la possibilità di sprigionare tutta la mia femminilità, ma nell'esuberanza bacchettona del personaggio c'era qualcosa in cui mi potevo sbizzarrire e che induceva l'ex presentatore della Rai, che ci seguiva nelle prove, a storcere continuamente il muso chiedendomi quasi supplicando se potevo, per caso, essere "un tantino più maschio". Restò interdetto di fronte alla mia risposta: "Perché?". Del tutto plausibile, visto che l'effetto di far sganasciare dalle risa pareva assicurato, stando almeno alle reazioni di quelli che guardavano le nostre prove. Ma restò ancor più sconcertato quando mi vide in un angolo della platea metter su un teatrino che faceva scoppiar dal ridere l'unica mia spettatrice, la ragazza che recitava la parte di mia figlia. Per lei e solo per lei mi esibivo nei monologhi di Franca Valeri che sapevo a memoria ben più di quanto sapessi le battute di Stepan Stepanovich.

Non so se avessi raccontato a mia madre l'incomprensione del mio maestro di teatro in parrocchia. È molto probabile di no. Ma certo lei seppe trovare il modo di rispondergli a tono, come se avesse saputo da altra fonte il mio modo di dispiacergli: la caricatura che ero nel rappresentare la figura del padre, il mio modo di essere "non credibile" e "non vero". Quel vecchio insegnante era certo votato al più trito naturalismo, al rispecchiamento banale del vero, ma anche per una come mia madre la realtà del teatro poteva essere un tantino più complessa e sicuramente più magica. Perché fu per lei, per una serie di circostanze fortuite, come quella di sfogliare il giornale alla pagina degli spettacoli dopo pranzo e decidere lì per lì come passare il resto della domenica (quando i Nonni erano già al paese). Fu per lei e con lei che mi trovai, una domenica pomeriggio, a occupare una poltrona dell'ultima fila di un teatro davvero troppo grande come il Teatro Nuovo. I ciliegi veri, visti da lì, palpitavano di una realtà ben superiore al vero. Il boccascena li incorniciava come se fossero un dipinto, e gli attori che vi si muovevano intorno, nel loro dramma di cui appena mi arrivava la trama, erano creature più che mai vive, di cui afferravo ogni gesto e ogni sfumatura, ogni stato d'animo che mi teneva, non bloccato allo schienale della poltrona (visto che la testa che avevo davanti mi avrebbe coperto l'intera scena) ma quasi in piedi e immobile come una statua. Era così che rivivevo l'angoscia di quella donna frivola e infelice perché il suo giardino dei ciliegi andava all'asta. Era, lo sentivo, l'unica donna che ci potesse essere non solo dentro quel mobile quadro ma in tutti i giardini della terra che andavano perduti, e in tutti i tempi dell'umanità dove una donna aveva perso inesorabilmente ben più di un giardino. E sua figlia, di nome Varia, non era una donna infelice, era l'infelicità fatta donna. E cioè con gli alti e bassi che poteva avere anche mia madre, là dove sorridere poteva significare essere terribilmente tristi, e piangere essere dannatamente lieti.

Tra le peggiori disgrazie che potevano capitare a una donna era la morte del padre. Fu per questo che ritenni fortunata mia madre quando, potendo morire, suo padre non lo fece. Per me era assolutamente pacifico che Nonno non potesse morire, nemmeno se l'avesse voluto. Attribuivo a lui una vita immortale come quella degli dei, nel pieno come ero di una delle fasi più mitiche della mia vita. Mi ero fatto anche un'altra idea. Che, a salvarlo dalla morte, era stata la ringhiera. Venuto in città per riscuotere gli affitti, era andato prima al bar, poi aveva attraversato il cortile, risalito le scale del primo piano e, raggiunta la porta di casa, un infarto l'aveva steso sul ballatoio, ma in un modo che non gli aveva impedito di aggrapparsi alla ringhiera con entrambe le mani. Nella mia fantasia fu come se un rumore di ferro avesse prodotto il suono non solo del campanello che non c'era mai stato di fianco alla porta, ma di un allarme che avesse allertato tutta la casa per quel che stava capitando al suo maggior proprietario. In effetti non ci volle nulla perché subito arrivasse qualcuno, immaginavo una folla, per prestargli soccorso e condurlo all'ospedale Maria Vittoria, dove, per un mese tutto a sue spese, Nonno venne ricoverato. Mamma non mi guardava più. Temeva di non veder comparire sul mio viso un patimento simmetrico al suo. E mi parlava, volgendo lo sguardo aldilà del mio capo, come se guardasse a un doppio di me o al mio angelo custode di cui mi fosse finalmente rivelata l'esistenza. Se avevamo smesso di essere l'uno lo specchio dell'altra, l'infarto di Nonno fu ciò che sancì vistosamente la rottura di quello specchio. Aiutarono anche i problemi pratici. Andare all'ospedale "a far mangiare Nonno", era cosa che passava in me naturale e ovvia come, un tempo, potevano essere le libagioni da offrire a un dio della guerra che, non potendo morire, si fosse solo ammaccato. E obbedivo al culto come un fiero chierichetto che serva all'altare. Nel mangiare il cibo che gli portava la suora e che per nulla al mondo lui avrebbe fatto rispedire in cucina, mi facevo dei grandi meriti per i quali venivo sommamente elogiato non solo da Nonno (quasi come quando indovinavo l'ora sul tram) ma anche dalla suora, che sorrideva sotto i baffi. Anche mia madre trovava utile che io presenziassi a quei pasti. Le rare volte che li avevo disertati, lei, costretta a mangiare, si era poi sentita "un bel mal di stomaco", che aveva delicato quanto quello del padre.

Una domenica capitò che la sorella di Nonno, Magna Jolanda, si offrisse di andare a vigilare sul pranzo di Nonno: lei con le sue due figlie, Angela e Mirella, cugine prime di mamma. Così che a Nonna si aggiungeva l'apporto prezioso di una cognata famosa per il suo decisionismo e perciò capace, non appena la vedeva comparire, di farle venire le "fergìne" lungo la schiena, mentre mamma considerava una fortuna averla come autorevole alleata. Della Magna io conservo stampato negli occhi il suo aspetto operativo quando, d'estate, veniva sul prato di casa nostra e con un piglio autorevole, del tutto simile a suo fratello se avesse indossato la gonna, stabiliva alcune cose che secondo lei andavano fatte, e che la "poetessa" forse non aveva valutato abbastanza. Nonna si era guadagnata tale nomignolo citando spesso adagi proverbi poesiole ma anche versi di Metastasio ricevuti come unico corredo dal padre, quel fattorino comunale di cui ho già fatto cenno, detto "Tunin poeta". Di Magna Jolanda, quel che saltava agli occhi subito dopo la sua camminata da colonnello era l'ampia sporta di paglia da cui traeva il suo uncinetto infilzato nel centrotravola cui stava lavorando e tutte le merende da distribuire alle figlie e al figlio che l'aspettava giù in piazza, dopo essere andato a caccia di girini lungo il rio. Tanto bastava perché io vedessi tranquillamente finire, in quella sporta, il cibo avanzato da Nonno nel suo pasto con accanto la Magna. Ero molto felice di avere la domenica pomeriggio libera dall'ospedale. Mi preoccupavo però del fatto che, dovendo trascorrerla solo con mio padre, avrei dovuto escogitare qualcosa che gli andasse a genio, considerato che, nonostante gli fossi stato dato in consegna, fin dal mattino lui si era fiondato al suo appuntamento domenicale col motore della Seicento senza pretendere che io lo seguissi, e senza che ce ne fosse bisogno, visto che quel giorno non l'avremmo usata. Saremmo andati a piedi. Ma dove? Questo nessuno dei due l'aveva deciso. E mia madre, emozionata e sollecita nel raggiungere la zia e le due cugine, aveva ben altro per il capo, per cui era stata assolutamente a corto di consigli e suggerimenti. Arrivò il pranzo. Che ricordo come un film di spionaggio. Raramente sono stato tanto emozionato, e spaventato, nel cercare di cavare da mio padre qualcosa che non lo affliggesse. Ci scrutavamo senza parlarci. Guardavamo piuttosto gli utensili della cucina e le stoviglie sul tavolo e, in modo ansioso, ciascuno controllava il piatto dell'altro preoccupandosi che fosse pieno come se corresse il rischio di morire di fame. Altre parole che "ne hai abbastanza?" e "ne vuoi ancora?" non vennero fuori dalle nostre labbra. Meno che mai volevamo interrompere questa cerimonia graziosa con una funesta ipotesi di ciò che avremmo potuto fare insieme dopo, per ingannare il tempo, ma soprattutto per vincere l'ansia da prestazione. L'incognita ci aspettava in agguato non appena varcata la soglia di casa, dove, senza prendere l'ascensore (era la sola cosa che mi sarei imposto di non fare) avremmo raggiunto la piccola scalinata dell'atrio e poi, fuori da quel portoncino, una breccia in quel palazzone di nove piani ci avrebbe fiondati verso l'ignoto assoluto: il marciapiede domenicale, con una *suspense* che mi attanagliava il cuore.

Ma non andò così. Il caso volle che nell'atrio, velocemente sbucata dalla sua guardiola, la vasta mole della portinaia Angela ci sbarrasse il passo. Angela non si fece certo sfuggire l'occasione di porgere a mio padre il suo saluto domenicale pieno di sottintesi come quando una donna innamorata può intravedere, nell'uomo libero dal lavoro ma soprattutto libero da una moglie, un surplus di libertà che esiste solo nella sua fantasia incendiaria. Angela diede fuoco alle micce riempiendo lo spazio antistante con l'unica battaglia che non mi sarei aspettato di fare.

"Dove andate di bello?" chiese.

E poi, senza aspettare risposta:

"Lo sapete che al cinema La Perla danno *I magnifici 7?*"

Lo disse appassionata e focosa. Lo disse come se tutti fossero tenuti a conoscere un'evidenza che era sul punto di diventare emergenza come se al nono piano fosse scoppiato un incendio.

"Volevamo andare alla partita" disse mio padre. Bonario, ma con quel mezzo sorriso da lavativo, di cui un maschio corteggiato non può fare a meno.

"Eh già" rispose lei lusingata. "Come fanno gli uomini…"

Dove l'estremo compiacimento con cui si rivolse a mio padre cozzò, un attimo dopo, con una smorfia di disgusto non appena il suo sguardo passò su di me.

"Già!" replicò, mio padre.

Mentre il sorriso, abbandonando il volto festivo luttuoso, gli era diventato quasi festoso. In quel momento scoprii che mio padre aveva un piano prestabilito, di cui non mi aveva messo al corrente. Portarmi alla partita di calcio. Sarebbe stata la sua mossa a sorpresa, una volta usciti sul largo, e cioè su un crocevia di strade, due delle quali conducevano in luoghi diametralmente opposti: lo Stadio Comunale a sinistra e il cinema La Perla a destra. A distanze che, dal punto in cui ci trovavamo, più o meno si equivalevano. Non so come, Angela aveva rotto i suoi piani. Sembrava titubare. Roso dal dubbio. Con un riporto di sorriso stampato che, non so per quale impulso di pietà, mi addolcì il cuore. Lo presi per mano. Sapeva quanto detestassi il calcio. Probabilmente quanto detestavo la boxe. Nel suo surrettizio progetto di portarmi allo stadio c'era un intento pedagogico, io credo, e sperava in una partita preliminare tra noi da disputare strada facendo: quella dove un uomo si comporta come un padre che deve indirizzare il figlio verso scelte che il mondo approva e, approvandole, non gli dia poi inutili pene. Sperava con tutto se stesso in quella lezione spicciola e rozza. Forse se la era preparata da giorni, se non da anni. Forse se la era ripassata parola per parola fin dal mattino, e ripetuta più volte al motore della sua auto. Forse non troppo sicuro di poter vincere la propria partita, era sicuro di poter fare finalmente il proprio dovere. Da maschio a maschio. Ma senza forzature, senza fanatismi e meno che mai con prepotenza, come se anche lui soggiacesse a una legge del mondo: dura lex sed lex. Ma un fato contrario, nella figura di una portinaia spasimante, si era intromesso e, soprattutto, si era intromesso il cinema ad alimentargli non so quale senso di colpa.

"Preferisci andare al cinema?"

Sentivo il mio cuore svuotato, chiuso. Anche perché la mia mano dentro la sua ne avvertiva il palmo rigido e inerte. Come un pezzo di legno, un burattino morto. Cedevole, optò per il cinema. La vergogna mi invase. Tirai via la mano dalla sua. Eravamo al centro del largo, ancora in tempo per cambiare idea. Infatti, stavamo fermi. Dopo che lui, come se fosse a una svolta della vita, mi aveva appena detto: "Ne sei proprio sicuro...?" come se fossi indirizzato a un patibolo. Io dovevo aver pronunciato sottovoce la frase *"I magnifici 7"*, come se vi scorgessi dentro un tesoro, una miniera di promesse, un regno dove l'intesa e l'unione, finanche la fusione, con mio padre sarebbe stata possibile, mentre restavamo entrambi felicemente abbagliati dai magnifici clamori che sarebbero apparsi sullo schermo non appena si fosse acceso. Ma sapevo, adesso, di essere in debito con lui. E infatti lui, come un creditore, non mi cercò più la mano. Avanzai lungo il corso che conduceva al cinema La Perla, certo che la nostra partita, se ancora ci fosse stata, si sarebbe giocata interamente col film e nel film, neanche ne fossi io il produttore, il regista e l'interprete. Credo sia cominciato da lì, o abbia avuto lì uno dei suoi fulcri, il terribile patema d'animo con cui, dopo aver caldeggiato l'invito o la partecipazione a un qualche spettacolo verso persone che amavo o credevo di amare, seguivo ogni loro minima reazione durante la visione, uscendo dalla sala spossato e quasi senza aver visto niente di quel che fingevo di aver rivisto con loro. Anche se di quei "magnifici sette", allora, non sapevo ancora un bel nulla. Non sapevo altro che non derivasse dal tono esclamante e pretestuoso con cui Angela aveva caldeggiato il film. E il fatto di sentirmi alleato con lei, che per me nutriva un malcelato disprezzo da quando le avevo baciato il figlio (non poteva non averlo saputo) non mi sollevava per niente.

Entrando nella galleria del cinema, ne accusai subito la buia vastità. Era come se fosse difficile attingere la soccorrevole luce che proveniva dallo schermo laggiù, lontano come se proiettasse il suo film in un altrove faticoso da seguire. Non capivo nulla di quel che avveniva. Omaccioni a cavallo, armati gli uni contro gli altri. Mio padre accanto a me, lo sento, finge attenzione. Anche per lui quella forza di uomini armati deve arrivare troppo attutita, troppo remota perché se ne senta coinvolto. Non so se faccia così caldo, ma a un tratto comincia a soffiare e a sudare come se dovesse esplodergli il nodo della cravatta, che pure tiene allentato. Non so se me lo sono sognato, ma a un tratto mi vedo nella penombra tirar fuori il mio fazzoletto e piano piano, con molta accortezza, gli asciugo a una a una le gocce di sudore, a cominciare da quelle sul mento. Non so se lui se ne accorge. Ha solo un impercettibile moto del capo verso di me, come per dire "continua". Forse complice, come uno che, sentendosi adescato, fa capire di starci e che in fondo gli piace. Ne approfitto. Con un lembo del fazzoletto arrivo più su, fino alla soglia degli occhi, che lui continua a tenere incollati allo schermo. Forse è già entrato nel furioso andirivieni dei "magnifici sette", in quell'incomprensibile garbuglio di pistoleri che ogni tanto seguo con la coda dell'occhio, ma più per avere la conferma che ciò che intravedo gli può piacere, che non per una curiosità riguardo alla trama di cui non capisco un bel nulla. Quando poi si mette a fumare, esulto. Mentre si è accesa la sigaretta, non ha lasciato che la fiamma dell'accendino lo distogliesse minimamente dalla luce proveniente dallo schermo. Forse è interamente scivolato nel grande schermo, come fa a casa col piccolo schermo, dove gli intrighi di Perry Mason gli danno sempre un gran filo da torcere, e lo fanno fumare in continuo. Felice ed esausto, lascio cadere la schiena sulla poltrona. E quasi quasi sento l'ambizione di aver vinto una partita.

Mi capita sempre più di rivedere vecchi film del passato. Mi giovo della smemoratezza, felice, della vecchiaia. Solo *I magnifici 7* non l'ho mai più rivisto. Dal momento che non potrei dire di averlo visto quella volta con mio padre. Ma anche durante i trailer del film che mi sono capitati più volte sotto gli occhi, uno solo dei suoi fotogrammi basta per comunicarmi un'ansia confusa, un senso di vittoria patita, il solco profondo di una ruga indelebile. Nella vita ho poi fatto l'attore. Ma non ho mai provato un'emozione tanto complessa, nemmeno a una delle mie prime teatrali, come quella provata nella lontana domenica de *I magnifici 7*.

All'uscita dal cinema mio padre sentiva il suo orgoglio ferito. O la mia dedizione andata un po' oltre. Tanta vicinanza l'aveva commosso o ferito? E ferito perché non sapeva come adoperare ciò che non sapeva se fosse un'umiliazione o una paternità strana? Con un figlio difficile, se non degenere? Costretto in un ruolo per vie nuove e traverse, rimediate non nella vita normale e severa di un padre come era stato il suo ma in un momento di voluttà casuale e irriflessa? Forse il suo mondo contadino era in rivolta?

Coi forconi puntati contro i signori votati a un piacere insano e superfluo? Con Nonno in prima fila? Molto più semplicemente aveva già allora la stessa aria di rispetto impacciato con cui anni dopo verrà a prendermi alla stazione. Quando, sessantenne, aveva già lasciato il negozio al fratello e, dopo l'operazione al cuore a Lione, era tornato al paese nella casa dei bisnonni che io avevo ereditato e fatto ristrutturare coi miei primi guadagni in teatro. La stazione era quella piccola di Baldichieri. Dopo tante stazioni spersonalizzanti, con folle di viaggiatori anonimi, me lo trovavo lì dopo una tournée per tutta l'Italia durata mesi: lì, presso il binario, solo come "l'uomo della stazione". Nato per attendere. Certo era arrivato in anticipo, prendendosi tutto il tempo per poter osservare incantato ogni ingranaggio, ogni meccanismo che consentiva l'andirivieni dei treni. Aveva fissato a lungo la cabina del capostazione, senza però disturbarlo né chiedergli niente, indovinando i congegni, i bottoni, le leve. Distratto solo dalla campanellina che annunciava i passaggi dei treni e le rare fermate. Forse sognando di nuovo quel suo unico sogno: la sua campagna d'Africa. Il suo mitico sbarco dalla guerra di Libia, sulla stessa pensilina dove sarei sceso anch'io, e dove il Conte Podestà era venuto a prenderlo e a festeggiarlo come "il nostro eroe africano". E dove era già sbarcato giorni prima il mio baule, che lui stesso si era incaricato di venire a ritirare. Così il mio doppio arrivo (quel baule era parte di me) gli aveva consentito, nel giro di pochi giorni, una doppia festa. Lì, a far paragoni tra la sua tribolata giovinezza, dove la guerra di Libia aveva rappresentato un'epopea fantastica e in fondo felice, e la mia vita di artista, che aveva rinunciato a capire. Mai ostacolandola. Sempre sulla soglia di una domanda che non si sarebbe mai posta perché non era il comportamento degli uomini a incuriosirlo; non era l'essere umano, che rispettava a priori, nemmeno il lavoro, che era sacro per definizione e perciò indiscutibile; non erano i sentimenti così tanto complessi: una scatola chiusa da cui astenersi perché tanto, aprendola, le sue mani non avrebbero potuto aggiustare nulla. Contento di vedermi, certo, ma avaro di parole. Non tentava cerimonie, parole fatte, frasi vuote. Preferiva il silenzio. E anch'io, stanco dei viaggi, degli amori infelici, delle amicizie morte sul nascere, del frastuono delle stazioni e del falso silenzio dei camerini, ero grato di quel suo silenzio vero e profondo. E se mi lasciavo andare a qualche commento sulla sua FIAT 124 posteggiata in bella vista appena oltre le transenne in cemento, anche lei sola, mentre le auto dei pendolari FIAT avevano un loro piazzale, non mi sentivo né stonato né falso. Solo appropriato. E, dopo tante invadenze inferte e subite, contento in fondo di sentirmi rispettoso anch'io.

Al ristorante "da Rosa", mio padre aveva una faccia di un candore pasquale. Era sempre soddisfatto quando, le domeniche che non andavamo dai Nonni, poteva portarci "da Rosa". Gli trapelava, in ogni parte del corpo, una soddisfazione paciosa, florida. L'accordo col fratello era pienamente riuscito: lo zio Giuseppe, un navigato commerciante; lui, un accorto contabile; il negozio avviatissimo. Invitandoci "da Rosa", gli premeva anche dimostrarmi quanto fosse fiero dei miei risultati scolastici. Gli sembrava il luogo giusto per dirmelo. Diventava quasi loquace e in qualche modo ufficiale. Mai perdendoci di vista, i proprietari, la signora Rosa e il marito, ci lanciavano sguardi di complicità e apprensione come se fossimo dei clienti di riguardo. E lui, che serviva ai tavoli, veniva sollecito a prendere gli ordini, ancor più sollecito li eseguiva, e poi tornava più volte per sincerarsi se avessimo gradito. Dopo i "molto" di mia madre e i "moltissimo" di mio padre, un rossore cupo gli invadeva il viso sottile e olivastro di napoletano, dove lo sguardo viveva una sua indipendenza rapace. Un naso importante e due baffi neri curatissimi. Ambizioso nel mostrare l'anello di pietra preziosa e il penzolante bracciale d'oro massiccio che arricchivano i suoi gesti ampi nel porgerci i piatti. Guardava soprattutto mia madre. Quasi mai mio padre. Cui però dava del tu e, lasciando il nostro tavolo, con la mano furtiva gli premeva un poco la spalla, come per un'intesa segreta e come se fossero amici di vecchia data. Mi stupivo nel vederlo così, e montavo il rancore per i giorni feriali, come accadde con i pattini a rotelle...

Attraversato il largo su cui si affacciava il nostro palazzo c'erano dei giardinetti con una pista di pattinaggio. Un giorno, mio padre mi comprò i pattini a rotelle, poi si offrì di accompagnarmi per aiutarmi nei primi giri, tenendomi per mano. Mi opposi recisamente. Allontanai la sua mano che mi teneva il braccio in una morsa che mi levava il respiro. Colto da un principio di nausea per quel color marroncino della casacca, quella che usava in negozio, di cui rimboccava le maniche fin quasi al gomito. Lo avvolgeva, lo costringeva, lo ingoffiva rendendolo dannatamente stonato in quel contesto. Come un elefante in una cristalleria. C'era, a pattinare lì, il figlio dell'ingegner Scoccimarro. Un mio coetaneo di nome Riccardo, accompagnato da sua madre, una cliente dei miei tra le più preziose. Riccardo esibiva la propria bravura sui pattini come se ci fosse nato. Ogni tanto coglievo il suo sguardo attento e insieme distratto. Era fulvo di capelli, con occhi verdi e osservatori come quelli di un gatto. Erano le qualità dell'indigeno, che reclamavano il suo diritto naturale. Al seguito di una madre per nulla apprensiva, parlava una lingua che, pur essendo uguale alla mia, tentavo di imparare come se fosse straniera, imitandone perfino l'accento, che non mi sembrava piemontese. Andava da sua madre per farsi restituire gli occhiali da vista che per precauzione si era levato per pattinare. Seduta su una panchina, lei leggeva un libro e, soprattutto, aveva "un'aria signorile". Non so che cosa intendesse mia madre con queste parole, ma per me significavano una voce che conferiva al volto da cui proveniva un che di impenetrabile e ignoto come un ritratto che si fosse messo a parlare. Ma poteva anche star zitto, che la sua qualità "signorile" non ne avrebbe risentito. Specie se porgeva gli occhiali a un figlio. Un figlio che pareva poter avere il dono, soprannaturale, di una certa indipendenza da lei. Ma forse quel "signorile" indicava semplicemente un pallore irreale, senza che una vena di colore ne contaminasse l'impeccabile marmo. Non per niente portava sempre un cappellino che la riparava non solo dal sole ma da ogni agente atmosferico, come se tutto il suo sangue fosse stato versato una sola volta per trasmettere al figlio quel colore fulvo. Immaginavo che la signora avesse mantenuto lo stesso imperturbabile pallore quando si era lamentata per le cassette che si tenevano esposte sul marciapiede e per il "Leoncino" dello zio Giuseppe che sostava "sempre" davanti al negozio. Certo aveva mentito. Il camion sostava "sempre", ma solo al mattino per scaricare le cassette. Quando l'aveva detto era sicuramente entrata in negozio da una lontananza remota, la sua parlata non avendo il benché minimo accento che ne precisasse la provenienza. Una lontananza che aveva impedito ai miei di controbattere anche con una sola parola, come se l'avessero vista atterrare non dall'ottavo piano dove le si recapitava la spesa, ma da un firmamento dove la luna alimentava i suoi enigmatici pallori. Un giorno capitò che, nel tornare a casa, attraversassi il largo con Riccardo. Non mi ero accorto della sua vicinanza finché, alzando la bocca dalla fontanella dove mi ero fermato, non me lo vidi, a un passo da me, che aspettava il suo turno per bere. Avevo appena finito di spiare con la coda dell'occhio se, per caso, ci fosse il rischio che mio padre stesse uscendo dal negozio e attraversasse il largo per venirmi a prendere. Precauzione del tutto inutile, perché sapevo che l'aria risentita con cui gli avevo ribadito che sapevo benissimo attraversare da solo coi pattini in mano aveva avuto l'effetto immediato di allontanarlo da me fin quando, con l'aria non meno risentita, gli avrei chiesto di aggiustarmi una rotella dei pattini che si era bloccata. Riccardo pareva dotato di una grande pazienza. Le sue lenti da miope, oltre a intensificare la sua capacità di osservare, parevano ravvivargli anche l'udito. I suoi occhi ascoltavano. Con nessun altro ragazzo di quel quartiere mi sentivo così incoraggiato a parlare di me. Un discorso che lui stesso pareva trarre da certe profondità della mia persona dove i sogni superavano di gran lunga la realtà. Sua madre, che ci seguiva a distanza, poco si curava di chiedergli o di fargli sapere che cosa avrebbero fatto, dopo che insieme avevamo attraversato il largo. E se ne entrò nel negozio di mercerie senza nemmeno avvisarlo. Certo non per soddisfare una sua curiosità, dal momento che la mia risposta gli sarebbe giunta scontata, a un certo punto Riccardo mi chiese dove abitassi. Lo sapeva benissimo. Ma, ma non so perché, voleva ascoltarlo da me. Eravamo giunti nei pressi del portoncino dove abitavamo entrambi. Lui forse aveva deciso di aspettare sua madre. Io mi sentivo sollevato che, essendo pomeriggio, nessun "Leoncino" posteggiato lì davanti potesse offendere la signora. Mi sentii parlare. Mi ascoltai, come se la mia voce giungesse da uno schermo dove si fosse oscurata l'immagine ma non il sonoro. Le immagini le trovavo belle e fatte dentro di me. Intatte, impeccabili, immutate nella loro capacità di emozionare. Di farmi gioire fino alla più fantastica esaltazione. Mi misi a raccontargli che io abitavo lì, al secondo piano del numero 70 del largo, ma la mia vera vita era altrove. E la mia vera origine era un circo. Ero figlio di un domatore di cavalli. Il circo si chiamava Krone. E mio padre era temporaneamente all'ospedale perché, domando i cavalli, gli era preso un infarto sulla pista mentre scuoteva la frusta. Nello sguardo del mio interlocutore non vidi nessun abbassamento di ciglia. Vidi solo un gran mare verde dove la navigazione della mia origine poteva proseguire indisturbata. Non so che cos'altro gli aggiunsi. Ma le immagini dentro di me continuavano a svilupparsi, a dipanarsi scaturendo da una fonte azzurrina inarrestabile, da una luce che rendeva il suo invito ancor più irresistibile. Stavo entrando sotto il tendone del circo. Sentivo la mano di Nonno stringersi intorno alla mia e poi farmi accomodare in un regno dove cavalli in corsa, con un rosso pennacchio che ne celebrava ancor più la maestà, parevano dotati di una libertà che ora avrei definito anche molto signorile. Ma non solo. Quei cavalli li avevo contati. Erano sette. E tutti famosi. So che concludendo il discorso proclamai a Riccardo, qualsiasi potesse essere il filo ingarbugliato che mi aveva condotto a quel finale, che erano… i "magnifici sette".

4. BUCCIARELLI E MASSIMO

Mio padre ha amato, più di ogni altra cosa, il Sahara.

Del Sahara parlava appena poteva. Poco o quasi niente con me, visto che poco o quasi niente lo ascoltavo. Non che gli sbuffassi in faccia, non avrei osato.

Distoglievo gli occhi da lui che raccontava anche col viso, e inseguivo mete mie vaganti in altri deserti. Evitavo così la presa dei suoi occhi grandi e neri, illuminati d'un tratto dalla luce del Sahara.

Coi parenti e gli amici che lo amavano, mio padre si sbizzarriva nei suoi racconti africani con una foga che non aveva per nessun altro argomento. Era stato conducente di camion militari durante la guerra in Libia, e parlava di imboscate, di soste forzate nel deserto per mancanza di carburante, e di acqua bevuta dai fusti della benzina. Cercava sempre di portare l'ascoltatore sull'orlo di una suspense, facendogli credere che fosse un miracolo che lui fosse lì a raccontare.

Solo adesso, credo che fosse un indubbio privilegio quello di ascoltarlo. E una lezione. Aveva infatti imparato benissimo l'arte del racconto orale e sapientemente ne dosava gli effetti secondo la grande scuola che, fin da bambino, aveva seguito nelle lunghe veglie dentro le stalle.

Una sola cosa non raccontava mai: la sua amicizia con Bucciarelli.

Bucciarelli era la parte in ombra dei suoi racconti e, immagino, il motore segreto di tanta vitalità. Il fatto di non nominare mai l'amico era un sintomo di quelli che, come imparai a mie spese, infallibilmente denotava che l'amico taciuto era ben più di un amico. Ma c'era anche un altro motivo in gioco: l'estremo pudore di mio padre nel rivelare i rapporti umani più intimi. La sua cultura contadina non lo aveva attrezzato per un tale compito, costumata com'era a guardare soprattutto il cielo e la terra, e a trascurare quel che capitava nel mezzo, e cioè nel ventre degli uomini, a meno che non fosse la fame e il bisogno di soddisfarla senza troppe sofisticherie. Ma ci pensava sua moglie a porvi un rimedio. Da lei il nome Bucciarelli veniva a galla come un'isola ignota nel vasto mare delle imprese africane e affiorava come dalle labbra di una compiacente sirena.

Mia madre non sapeva raccontare. Aveva preso da Nonno e parlava, come lui, per esclamazioni, interiezioni, mezze frasi e parole monche. Entrambi troppo emotivi per sostenere l'impalcatura di un'intera frase, figuriamoci di un intero racconto! Tuttavia m'ero fatto lo stesso l'idea che Bucciarelli fosse un personaggio importante, ma certo più degno di un romanzo rosa che di un racconto di avventure. Il personaggio principale di un racconto incompiuto.

Di questo ebbi conferma non solo da mia madre ma in certo qual modo da nonna Carolina, quando aveva già perso la testa, dopo essere stata a un pranzo di festa a casa di certi parenti. Di solito era lei che preparava i banchetti, senza mai sedersi a tavola e dando direttive alle nuore, che servivano i commensali nella sala grande durante la festa alla Cascina del Bricco, dov'era nato mio padre. Tavolate di non meno di venti persone: parenti che non sapevo di avere, provenienti dai paesi intorno e anche da Torino, come noi. Le nuore erano due, ma con grado diverso. La prima, Clementina, faceva la sarta ed era la moglie del primogenito; la seconda, Luigina, faceva la sarta ed era la sposa di mio cugino Carletto. Luigina, servendoci, aveva un'aria ansiosa e contrita e, se sorrideva, sorrideva sforzato, in un modo che mi stringeva il cuore.

"Troppe sarte!" sbuffava Nonna Carolina, accigliando quel suo viso sottile che, quando le compariva il sorriso, sembrava il cielo dopo un temporale. Nonna Carolina, che pareva non mangiare niente durante le feste alla Cascina del Bricco, aveva mangiato troppo a quella dei parenti da cui era stata ospite, e le era venuto un colpo apoplettico.

Racconto tutto questo perché, in qualche modo, c'entra con Bucciarelli. Dunque, l'ictus immobilizzò nonna Carolina su una poltrona, permettendo a suo marito di amarla più di prima, così che il suo unico occhio, nel badare alla moglie, lacrimava in continuo. Un giorno, durante le vacanze di Pasqua, ero andato a trovarli con mio padre, dopo che erano stati relegati nella loro stanza al primo piano, dove Clementina portava loro il mangiare. Notai come nonna Carolina non si staccasse mai da un suo libriccino di preghiere, continuando a leggere a voce spenta con le labbra che compitavano dopo averci salutato con un gioioso cenno del capo, come una suora che accoglie due visitatori sconosciuti ma ben accetti in un tempio avvolto nelle devozioni o nel bel mezzo di una funzione religiosa.

A un certo punto, aveva portato un dito sul naso per intimarci il silenzio. O forse solo perché abbassassimo la voce, non tanto perché potevamo disturbare lei nel pieno dei suoi riti quanto perché potevamo essere sentiti e scoperti da chi quel rito avrebbe osteggiato: gli abitanti del piano terra. E infatti lo stesso dito storto che si era messa sul naso l'aveva poi rivolto all'ingiù, verso il pavimento. Notavo come la nonna conservasse il suo aspetto lindo e la crocchia impeccabile e come, non appena si muovesse un po', emanasse il solito profumo di borotalco. E guardando l'armadio, che occupava poco spazio nella vasta stanza sulle cui pareti erano scomparse le assi con i sacchi pieni di farina, pensai che doveva contenere ancora intatta la sua nera pelliccia di coniglio. Così che non capii come mio padre fosse, in quei giorni, furibondo per come venivano trattati i suoi vecchi. Aspettavamo infatti che arrivasse anche suo fratello Giuseppe per cantarle chiare al fratello Felice e a sua moglie che avevano ereditato la casa e tutti i restanti beni, uno dei quali aveva la capacità di indispettire anche me: la bicicletta da donna che mio padre aveva regalato alla cognata Clementina non appena era tornato dall'Africa.

Stavo alla finestra. Una finestra piccola rispetto a quelle, grandi, della casa dei nonni materni. In cima a un bricco, dava su colline a perdita d'occhio. Dei beni si vedevano solo le vigne, mentre campi e prati stavano come celati, ai piedi di verdi mammelle. Si vedeva bene la piccola radura in fondo al viottolo dove, ai primi di settembre, piantavano il ballo, un tendone verde che si confondeva con l'erba. Era stato così strano trovarsi una notte lì, nel letto grande di quei nonni, dove i miei mi avevano lasciato dopo la domenica di festa che si replicava anche il lunedì, tra lenzuola spesse e ruvide come coperte leggere (mentre il lenzuolo che quella nonna mi regalava a Natale era immancabilmente di cotone fino).

Mi rivoltai verso la stanza. La nonna stava fissando mio padre. Lui le sorrideva. Un sorriso dove intravedevo lo sforzo un po' disperato di farsi riconoscere. Ma forse non ce n'era bisogno, almeno in quel momento. Mi parve infatti che sua madre non solo l'avesse riconosciuto, ma gli muovesse anche un velato rimprovero, tutto sommato lieto. Un po' come fa la madre col bambino che ha compiuto la solita marachella, in fondo contenta che il suo pargoletto stia bene e conservi la sua indomabile vivacità.

A un certo punto, la nonna mosse le labbra come per compitare una parola: una parola affaticata, che arrivava da troppo lontano per venire pronunciata subito, impolverata di irrealtà dagli scantinati della memoria. Venne sussurrata, ma con una sicurezza che denunciava non esservi altra parola al posto di quella. La soffiò verso suo figlio, non saprei dire se in una forma più interrogativa che esclamativa o in tutt'e due le forme.

"Bucciarelli...?!" disse.

Mi guardai intorno. Che fosse lì chi portava quel nome? Ma la nonna non ne aveva indicato la direzione in cui stava o dalla quale fosse giunto.

Si fosse magari nascosto sotto il letto? O fosse uno che lei sola vedeva in quella stanza? O fosse rimasto al piano di sotto insieme al "nemico"?

Ma certo avevo riconosciuto all'istante il suono che indicava l'amico di mio padre. E molto mi meravigliavo che, oltre a mia madre, fosse noto anche a nonna Carolina.

Bucciarelli io l'avevo visto in una foto e mi chiedevo se fosse la stessa che, per una sua bizzarria, nonna Carolina conservava nel suo libro di preghiere insieme alle immaginette sacre. Sapevo dal racconto di mia madre che Bucciarelli era venuto a trovare mio padre alla Cascina del Bricco. Nonna Carolina l'aveva quindi conosciuto di persona mentre mia madre no, dato che non era ancora la fidanzata ufficiale di suo figlio. Bucciarelli era venuto da Fiesole, dove abitava coi suoi, anche lui ancora celibe. Mio padre, di quella visita, non parlava mai. Dalle sue labbra non era mai trapelato neppure il nome di quel compagno d'armi. Tranne una volta.

Ero già al liceo e, naturalmente, innamorato perso di un compagno di classe. Si chiamava Massimo. Ma si chiamava anche Esaurimento Nervoso. Poiché in famiglia non potevo certo parlare dei ragazzi di cui mi innamoravo come di altrettanti innamorati, li chiamavo "esaurimento nervoso". E poiché le parole creano i fatti, l'esaurimento nervoso mi veniva davvero. Massimo fu "l'esaurimento nervoso" numero uno, e fu anche il più lungo, durò tutto il mio liceo. Lo fu anche dopo la maturità, quando scoppiò per intero. Durante i cinque anni del liceo "l'esaurimento nervoso" era stato latente, sebbene insidioso. Gli faceva da sponda o da correttivo una certa devozione religiosa che mi era venuta entrando nel collegio dei Fratelli delle Scuole Cristiane. In quella scuola non sarei mai stato ammesso senza l'intercessione benigna di una mia insegnante di ripetizione delle medie, il cui figlio era ingegnere, la quale si era convinta, non so appellandosi a cosa, che potevo diventarlo anch'io.

L'esame di maturità fu come un ciclone che si abbatté su di me e che cercò di annientarmi. Si era accumulato adagio adagio lungo cinque anni di liceo scientifico in cui ero riuscito a tenere a bada lo spettro terribile di matematica e fisica dandomi con estrema passione allo studio di italiano e latino.

La fede con venature mistiche ci aveva messo il resto e si era adoperata per contrastare le mie tempeste ormonali. Era come se in me si fosse annidato un dio capace di trasformarle in piccole onde, in crespature gentili, in paesaggi dell'anima da contemplare con l'aiuto delle preghiere e delle messe mattutine.

Il mio amore per Massimo aveva così goduto di infinite bonacce, dove svariate metamorfosi l'avevano reso ammissibile, a suo modo sublime, ma soprattutto segreto. Con un impulso eroico, che a volte non mi mancava, ne avrei parlato con l'anziano canonico mio confessore se, oltre ai miei atti sicuramente "impuri", fosse stato curioso anche dei miei sentimenti eventualmente "impuri". Mi confessava non all'interno di un confessionale ma dietro l'altare maggiore. Seduto su una poltroncina con l'inginocchiatoio di lato, in modo che gli fosse comodo non solo allungare l'orecchio verso il penitente ma anche le mani. Mi carezzava a lungo la nuca. Poi, al culmine delle mie invariate risposte ai suoi ostinati "quante volte?", "quando?", "dove?" (come se del sesto comandamento gli interessasse più l'al di qua dove lo si praticava che l'aldilà dove lo si condannava) si produceva in un finalissimo *cheek to cheek* assolutorio che mi lasciava sulle guance una tempesta di baci con bava. Assolto, e quindi felice, non sentivo in colpa il mio confessore più di quanto sentissi me stesso. Mai l'avrei denunciato alle autorità superiori (non mi sfiorava neanche come idea, e non si respirava certo nell'aria una tentazione simile) ma quel suo perdono pieno di sospiri e baci mi appagava, e segnalava il deliquio di una santità non così lontana ai miei occhi da una brutta caricatura di Teresa d'Avila vista dal Bernini. Certo bisognava chiudere ben bene gli occhi durante la confessione. Non vedere né il cranio roseo dove non lo imbiancava neanche un pelo, né quelle lenti metalliche sotto le quali si stentava a capire il colore degli occhi, sfuggenti come girini anche se restavano fissi come chiodi. Qualcosa di marmoreo c'era, comunque, in tutta la figura, anche quando si muoveva cerimonioso e austero. Soprattutto quando doveva lasciare l'altare maggiore per venire alla balaustra a farci la predica: anche lì, le sue mani non potevano fare a meno di carezzare, questa volta il microfono. Sebbene le sue parole non riuscissero a superare la balaustra, parlava piano, avendo per quel microfono una fiducia, forse una passione, illimitata. La sua bassa statura era come sottoposta a degli impulsi verticali, una specie di tic con cui, come in un supplizio di Tantalo, pareva contrastare la forza schiacciante di un superiore castigo.

Massimo non si confessava da lui, bensì da un altro canonico di tutt'altra pasta. La cosa mi rendeva sommamente felice. E questo allontanava da me un senso di repulsione mista a gelosia al pensiero che anche lui venisse palpeggiato e baciato, quanto me dal mio confessore. Ma poco mi intrigava la sua vita spirituale.

Era il suo corpo a intrigarmi. Come lo muoveva andando alla cattedra. Come sbatteva il suo libro sul banco. Come snobbava le interrogazioni, in cui pure brillava. La sua magra snellezza, l'eleganza scattante della sua giacchetta a quadretti che non gli infagottava le spalle come la mia le infagottava a me, lasciavano alle sue lunghe braccia una libertà di movimenti che lo imparentava stupendamente col regno animale. Tutta una sincronia di gesti perfetti dove gli occhi neri, da siciliano, parevano possedere l'unico compito, audace, di sfidare ogni professore, "fratello" o laico che fosse. La bocca tagliente, sempre pronta a una smorfia beffarda. In certi attimi di un suo assorto e composto scrutare, potevi già indovinare il chirurgo che sarebbe diventato.

Nei mesi successivi alla maturità, ci capitò di trascorrere qualche giorno insieme a Bardonecchia. Lui era lì per la sua settimana bianca, io per una settimana che verrebbe fin troppo facile definire "nera". L'esaurimento nervoso, quello vero, mi era scoppiato addosso, complicato anche dagli esami di riparazione delle tre materie scientifiche in cui ero stato rimandato. Massimo stava nell'alloggio dei suoi in via Medail. Io all'hotel Tennis con mia madre, che mi aveva accompagnato e mi sorvegliava perché non commettessi altre "sciocchezze". La sciocchezza non riguardando tanto l'esito catastrofico della maturità quanto il mio tentativo di suicidio. Del tipo fasullo. E cioè della serie "vi rendo noto che, se proprio avessi voluto morire, avrei ingerito un numero maggiore di pillole". Oppure: "quel che mi occorre non è proprio morire, ma ottenere qualcosa che assomigli all'amore che non posso avere". Tutto sommato, il bianco e nero che avvolge la settimana di Bardonecchia proietta in me un suo film che, in ossequio allo stile originario di quel genere di pellicola, risulta anche muto. E pieno di gesti gonfi e melodrammatici, con i sottotitoli e le didascalie. Ma prima ancora sento scalpitare in me, per non essere dimenticata o messa ai margini, un'altra pellicola, coloratissima questa.

Si svolge in un circo, credo l'Orfei, in uno spettacolo pomeridiano coi miei compagni di scuola. Non so per quale privilegio ci troviamo a occupare le primissime file in prossimità della pista, e non so per quale botta di fortuna io me ne stia vicino a Massimo. Non si può non seguire quello che avviene in pista. Così che l'emozione che mi dà la sua vicinanza si stempera nel rapimento cui mi costringono i numeri in pista. Ma gli automatismi del corpo, in quel luogo fatto di attrazioni corporee, contagiano anche il mio, vicino a quello di Massimo. E quando alzo gli occhi oltre la rete, su una donnina al trapezio meravigliosamente svestita e sui due maschi stupendamente nerboruti pronti ad accoglierla, là dove i corpi danno magico volo al loro istinto primario, che è pur sempre quello di cercarsi e respingersi voluttuosamente e pericolosamente, istintivamente afferro il braccio di Massimo. Il mio gesto totalmente spontaneo, tanto che non mi vergogno né mi viene di chiedergli scusa, non lo infastidisce. Il suo sguardo è schietto e diretto come diventano gli sguardi dopo uno scampato pericolo. Ed eccolo lì, quello di Massimo: due occhi neri che sembran buttare orgoglio e lusinga come se mi avesse salvato da un triplo salto mortale. Credo sia scoccata lì la scintilla di Eros. Credo che lì sia nato il fantasma di un innamorato che agirà in me come un tarlo nel corpo di un mobile: piano piano fino a svuotarlo, lento lento fino a portarlo a una rovinosa caduta.

Ma torniamo al film in bianco e nero.

Esterno giorno. Una strada carrozzabile nei pressi di Bardonecchia. Zona Melezet. Su un'auto. La Cinquecento di Massimo, che ha preso la patente da poco; non avendo esami di riparazione, ha dato quello di guida. In mezzo al bianco immacolato della neve, la Cinquecento beige è un contenitore che trattiene lo sfavillio dei suoi occhi neri intenti alla guida. Tutta la persona fa corpo con la macchina, e ostenta gran padronanza con il volante.

Mi fa venir voglia di intrigarmi di guida, e non taccio ciò che dovrei ricacciarmi in gola. Qualche giorno prima ho trovato, in una libreria, non certo per caso ma come segno di Provvidenza, un manuale intitolato *La psicologia dell'automobilista*. In una pagina che ho cercato di mandare a memoria c'è scritto che "la frustrazione sessuale può causare sregolatezze alla guida: un impulso supplementare pericoloso, nel far schiacciare troppo l'acceleratore...". Gliela dico. Senza accorgermi che sono vili e goffi prodromi di un discorso che, da sentimentale, vorrebbe farsi sessuale. Naturalmente Massimo lo intuisce ancor prima di me. Inchioda l'auto (capace di farlo anche sulla neve, lui) e con lo stesso sguardo che ha sfoderato al circo mi fa: "E allora?" Come chi non disdegna le vie di fatto al posto delle parole.

Interno notte. Una stanza dell'hotel Tennis. Nel letto matrimoniale, mia madre è un po' sollevata che io abbia chiuso il libro e l'abbia posato sul comodino. Non è *La psicologia dell'automobilista*. È un libro di Soren Kierkegaard titolato *La malattia mortale*. Non smetto mai di leggerlo, non appena lascio la Cinquecento di Massimo. Lo trovo estremamente consolante, là dove lo capisco. Mia madre, invece, ne è atterrita.

Tornati da Bardonecchia, viene decisa una visita che dovrei fare da un esimio neurologo. Vi sono andate delle Magne malate di nervi, ricevendone delle cure adeguate; e vi è andata anche Luigina, la sposa sarta dal sorriso sforzato, ricevendone non si capisce quale cura visto che poi si è suicidata, impiccandosi a una trave della sala da pranzo dove ci serviva. Il luminare ha lo studio a Moncalieri. A condurmici è mio padre, non altri che lui.

Vengo ascoltato dal neurologo, il quale non fa che assentire a tutto quello che dico. Parlo di Kierkegaard, e gli pare buono. Parlo della mia omosessualità, e gli pare ovvio. Parlo del mio tentato suicidio, e sta zitto assumendo un'aria beata.

Uscito io, fa entrare mio padre. Parlano per una buona

mezz'ora. Quando esce, mio padre non dice nulla. Sorride. Ma non sforzato. Aspetta di salire sulla Seicento, accendersi una sigaretta, e poi mi fa, con un'aria rassicurante:

"Guarda che non c'è nulla di male…". Non vorrei che continuasse. Gli sto leggendo, gli voglio leggere, un imbarazzo che non ha; invece di leggere il mio che comincia a scalpitare come un Amleto inorridito. Lui non demorde e continua sereno come se parlare fosse, per lui, una liberazione pacifica: "In fondo, anch'io in Africa…" È troppo! Non voglio che continui. Vorrei che fumasse non una, ma tre sigarette per volta. Vorrei che l'abitacolo fosse pieno di fumo da farci tossire fino allo spasimo. Vorrei che un vigile spegnesse l'incendio invisibile che ci sta avvolgendo. Vorrei che un chirurgo mi ricucisse le ustioni interne che provo.

"Bucciarelli…" dice a un certo punto, forse tra sé e sé.

Cancello quel nome. Lo calpesto coi denti, con le mani e coi piedi fino a ridurlo a una palla di piombo da ricacciare là da dove è venuta: da una segretezza di anni, da un'ipocrisia durata una vita, da una rispettabilità inattingibile di cui mio padre sta aprendo i battenti per rivelare le sabbie mobili di cui è fatta. Vengo affetto (ah, la Provvidenza!) da un'immediata sordità. Avvolge ogni cosa intorno. E se mio padre, per caso, dicesse ancora qualcosa, per me non sarebbe altro che un vano movimento di labbra.

Venticinque anni dopo. Ospedale di Asti. Pronto Soccorso.

Siamo piombati lì, con mio padre che da giorni non va di corpo e gli si gonfia il ventre. Viene operato d'urgenza. Davanti alla porta a vetri delle sale chirurgiche mia madre e io parliamo di come, nei giorni precedenti, lei continuasse a rimproverarlo per l'appetito insaziabile e di come, durante la domenica al ristorante con gli amici per festeggiare i sessant'anni, lei non facesse che sgridarlo per quei piatti sempre troppo colmi, per quei bis, per quei ripetuti brindisi, rallegranti l'intera tavolata ma non lei. È allora che la paurosa porta di vetro a smeriglio si apre su due occhi che conosco all'istante. Hanno acceso un nero fulgore su uno sfondo grigio, e il bianco che illuminano non è più di neve ma di un camice: il camice di un aiuto chirurgo.

È Massimo.

Emozionato, più per la sorpresa di vedermi che per quello che dovrà dirmi.

È stato mandato a conferire coi parenti. E trova me. Noto subito come il tempo e la professione abbiano giocato, su di lui, svariate partite. Non tutte perse. Gli manca solo il piglio indisciplinato e la foga provocatoria. Che ne è stato della sua aria trasgressiva e ribelle? Lo capisco: sono diventate ironia. Nonostante i miei anni di teatro, di abitudine alla finzione scenica, sento spazzata via ogni mia capacità di agire in un modo prestabilito. Mi ero infatti organizzato un contegno di chi accetta e capisce; ora eccomi in quello di chi non capisce più niente.

Massimo mi conduce su un balconcino. E comincia a ragguagliarmi con un tono che vorrebbe rassicurante: "Un tumore al colon. Completamente asportato".

Ritrovo un po' del suo stile. Quello di quando, interrogato alla cattedra, rispondeva come se il professore fosse un cretino, bisognoso di sottilineature e magari anche un po' sordo. Infatti sono stordito, e le mie facoltà sensitive ottuse.

"Abbiamo ripulito tutto". E usa con me un linguaggio non così tecnico, addomesticato. In qualche modo mi invita a trovare elementi di ovvietà, di ineluttabilità: la vita è anche questo. Ma le mie quote di ansia fanno un balzo in avanti quando, cambiando discorso, mi invita a cena. Fu così strano trovarci a una tavola calda. Uno di fronte all'altro per causa di mio padre. Seduti a un tavolo per mangiare insieme. Situazione sempre imbarazzante, dove i drammi si congelano o sciolgono seguendo le sorti del cibo. Alla tavola calda, il suo sguardo, fisso e insistente, voleva forse far breccia in quel che restava del vecchio compagno di scuola. Non so se avesse ancora presente l'antico soggiorno di Bardonecchia. Pareva non avere problemi che non fossero quelli di evitare i miei, dimostrando normalità, adattamento alla vita. Nessuna ambiguità da nascondere. Gli rispondevo con cenni. Articolavo male le parole. Non riuscivo a rispondergli con delle frasi compiute. Stentavo a deglutire. E meno che mai me la sentivo di fargli domande sulla vita privata. Gli avevo colto non so che lampo di ribellione nell'inchiostro degli occhi, e il mio cuore aveva palpitato come un vecchio motore in disuso, che desse segno di volersi riprendere. Quasi quasi rimpiangevo lo striminzito ballatoio dell'ospedale dove il nostro incontro aveva avuto la forza di uno psicodramma.

"Sei mesi di vita, non di più."
Questa la sentenza uscita dalla bocca del chirurgo primario.
Tramite Massimo mi aveva fatto convocare nel suo studio, qualche giorno dopo l'intervento. Mi aveva dato la notizia, seduto alla scrivania, mentre, circondato dai suoi assistenti, sfogliava il giornale. Ricordo il rumore delle pagine voltate. Una colonna sonora di note fruscianti, tutte accalcate su tre parole: "non di più", calate nel gesto quotidiano di dare uno sguardo al giornale, che le rendeva ancor più spietate e implacabili come se lo spazio e il tempo intorno non avessero subìto modifiche. Una beffa. Di quelle che virano al sottile sadismo. Il professore, col suo faccione da macellaio (dove sarebbero stati d'incanto un paio di pugni della boxe che tanto piaceva a mio padre) non mi degnò di uno sguardo. Alle sue successive parole mi sentii vacillare, cadere dalla sedia. Le pronunciò svelto, come quando si legge la notizia che già si sapeva: "Metastasi al fegato". Riaprendo gli occhi, la situazione si definì meglio: ero in un'aula di tribunale, dove la sentenza di morte riguardava anche me, oltre mio padre. Ma, a bruciare di più, era la vergogna. Non osavo fare quel che

un istinto maldestro mi invitava a fare: guardare Massimo in faccia, prendergli la mano, scuoterlo, incredulo che lui fosse diventato l'assistente di quel lettore di giornali.

Quando mio padre tornò dall'ospedale, sbarcò nell'aia dove c'erano alcune Magne ad attenderlo. Era fine estate. E la villeggiatura si tramutava in dramma autunnale: la malattia mortale del caro nipote. Sceso dalla FIAT 1300 di Nonno con la sua felpa verde bottiglia, pareva "ballarci dentro", come notò sottovoce Magna Consolina, parlandone a Magna Jolanda, con le dita storte portate a ventaglio sopra la bocca e scuotendo tante volte il capo come se le fosse comparso davanti non il nipote prediletto, ma il suo fantasma. Magna Jolanda non poté fare a meno di ridere e di scuotere a sua volta il capo un numero di volte sufficiente a indicare che era lei, tra le cognate, quella con l'incarico di accogliere i drammi per sdrammatizzarli. Nonna piangeva. Passarono giorni luttuosi intorno a una persona che era ancora viva. Giorni in cui si cercava di rafforzare la gioia anche là dove, prima, era semplicemente noia e routine. I ricami e i cuciti sul prato divennero avvenimenti di cronaca di cui parlare con una serietà e un puntiglio degni di un'azienda in fiorente espansione. Il più contento era mio padre. Un morto che camminava sull'erba, e gioiva di ogni cosa. Forse anche del sospetto che la sua malattia fosse ben più grave di quel che gli avevano detto. Ma il destino era dalla sua parte. Mio padre aveva sempre inneggiato alla Fortuna che, nella sua guerra d'Africa, non l'aveva mai abbandonato. Dovette ricredersi. Quella fortuna non l'aveva abbandonato neanche in Patria.

Dopo alcuni giorni mi arrivò una telefonata di Massimo. Dall'ospedale di Alessandria, dove era stata eseguita la tac, erano pervenuto i risultati. Escludevano metastasi al fegato. Erano angiomi, semplici angiomi! Se la voce di Massimo era portata a scandire ogni parola nel tentativo di farla penetrare nelle orecchie di uno stupido, mai ebbe come allora la capacità di dimostrarlo. Scolpì nella mia testa e nel mio cuore, per tutti i tempi a venire, tre sole sillabe: an-gio-mi! Dopo di allora non ci sentimmo più.

Ma forse fu la sua voce a darmi il coraggio di chiedere a mio padre proprio in quei giorni: "Ma tu Bucciarelli, non l'hai mai più visto, dopo che era venuto a trovarti in cascina?" Non so ancora interpretare la risposta, o la non risposta, che dette mio padre a quella mia improvvisa domanda. Mi guardò con due occhi increduli e fiduciosi come un bambino che ascolti una favola e, diviso tra realtà e fantasia, sia tentato di crederci. Gli sorrisi con un senso di timidissima complicità. Lui parve restituirmi un sorriso molto più aperto. Assolutamente fiducioso e promettente complicità.

5. LA RESISTENZA DI MIO PADRE

Era l'estate del '96.

La villeggiatura non era in programma. Avevamo già deciso di passare l'estate in città, a portata di ospedale. Poi l'inatteso miglioramento ci convinse a una breve vacanza. Un soggiorno alle terme.

Le Terme di Garessio non sono troppo lontane da Torino. E poi, come meta, ci pareva nuova oltre che salutare. Diversa dalle solite villeggiature al mare o ai monti o al paese. Ma aspettavamo che fosse lui a deciderlo: lui a dire, tra farfugliate parole dove ogni sillaba sembrava un colpo di spossato machete nella foresta di frasi che lo assediavano. Mia madre e io travestivamo la quotidiana angoscia con abiti di pazienza impaziente e di sorrisi estenuati. Divisi a metà tra il conforto e lo strazio: lei con repentini sgorghi di pianto alternati a improvvise euforie, io a bagnomaria in un'ansia indaffarata non priva di qualche tetraggine.

Finché, tra noi e lui, non si intromise la signora Battaglino a rompere l'immobile scena della nostra esistenza, col suo buon torinese: "Cura e ripòs".

Un abbinamento che solo le terme potevano garantire. L'anziana vedova saliva sovente da noi giacché, di tutta la casa, eravamo rimasti gli unici a parlare il dialetto e a ricordarle la sua antica professione di commerciante. Di questa le era rimasto il vezzo, come ex panettiera, di essere assai pignola con la panetteria che avevamo sotto casa mentre, da proprietaria dell'alloggio in cui viveva da sola, era una "rompi mai vista", così come la definiva un consigliere della scala. Ma più che altro, era diventata una habituée delle terme di Garessio. Grazie a lei avremmo potuto usufruire anche di un trattamento di favore sulla tariffa dell'hotel dove lei alloggiava da sempre. "Ben tre client neuv", gli avrebbe portato. Dopo che la sua libido dialettale si era spalmata, colandole anche un po' dalle labbra sulle precedenti parole, la Battaglino amava ultimare la frase in italiano. Le era rimasta come un avanzo della sua panetteria dove negli ultimi anni sempre più si era dovuta adeguare, suo malgrado, a una clientela meridionale. Con la quale era riguardoso, oltre che conveniente, praticare anche un po' di italiano neutrale, sebbene fortemente cadenzato. "Clienti nuovi di zecca, *monsù*...", aggiunse perciò, riguardo alla nostra villeggiatura eventuale, e ripulendosi un orlo di schiumetta alle labbra. A quel "nuovi di zecca", gli occhi di mio padre rifulsero. Senza contare che il *monsù*, ripetuto così tante volte davanti all'immancabile cognome, doveva dargli un principio di ordine, un salvataggio improvviso nella burrasca di parole che lo assediavano; e vi si aggrappava come un naufrago all'isola. A mia madre, la villeggiatura alle terme avrebbe fatto sfoggiare "le sue bele toalete". Di quel che sarebbe accaduto a me, invece, fui informato con una frase pronunciata interamente in italiano. Venne detta come dietro le quinte e rimbombò tra il quarto e il terzo piano, come gettata nella tromba delle scale, mentre la signora rincasava. Non aveva avuto il coraggio di dirmela vis-à-vis, col vago sentore che la sua offerta potesse non essere in cima ai miei desideri: "Ci sono anche le danze, per i giovanotti!" Sotto la pioggia delle offerte della signora Battaglino, a mio padre pareva fosse rifiorito un sorriso sulle labbra. Snidato da una tana profonda, dove era rimasto ferito e nascosto. Il sorriso quasi furbetto di chi, accettando infine di portarci in villeggiatura, sappia di avercela fatta a lungo sospirare. A tavola non finiva più di parlare delle scorte di pasta aproteica che, a causa della sua insufficienza renale, bisognava depositare con tutte le raccomandazioni del caso presso la cucina dell'hotel di Garessio. Certo, nei giorni precedenti la partenza, dovette far leva su tutte le sue forze residue (che sopravvalutavamo). Dar fondo a un rinato orgoglio, disperato e teso come una corda che si stia disfacendo. Ripescare nel serbatoio delle sue avventure africane certi eroismi che si era portato dietro tutta la vita, come un bagaglio da scaricare nelle ricorrenze speciali, nelle feste tra amici e parenti. Il bisogno di non deluderci glielo si leggeva negli occhi accesi di bagliori esaltati, febbrili.

Come se, ancora e di nuovo, stesse attraversando il deserto.

Fiutava rischi e pericoli a ogni angolo, con la volontà di annientarli. E di non sfigurare come soldato coraggioso, specie agli occhi della signora Battaglino. Non aveva torto. Il nemico c'era davvero, ad attenderlo. A tendergli trappole e agguati ben più micidiali di quelli patiti nella sua campagna d'Africa.

L'hotel di Garessio si rivelò come un luogo di torture indicibili. Non subito, e non durante le ore del giorno. Ancora non avevamo capito, tanto lo vedevamo glorioso a tavola sebbene in modo diverso dal solito, che proprio alle Terme di Garessio avrebbe dato inizio alla sua battaglia finale contro la morte. Infatti, se ancora rendeva un appassionato tributo al cibo, non era per quello che calava dentro il suo piatto ma per quello che potevo consumare io al suo posto. Sull'appetito di sua moglie sapeva da sempre di non poter contare, come non si può contare su un "uccellino" come commensale adeguato. Lei lo aveva sempre deluso nelle tavolate dove piuttosto, come una convitata di pietra, era un rimprovero vivente per i suoi eccessi. No: lui puntava su di me, scommetteva su di me, focalizzava su di me le sue solo più fantasticate voglie di bis. E m'invitava a ordinarli con uno sguardo febbrile, come se il suo corpo incapace ormai di nutrirsi volesse farlo attraverso il mio, ridestandovi la sua leggendaria "forchetta". Non so fino a che punto gli corrisposi. Mi sentivo troppo impari al compito. E cercavo di rimediare la notte nel procurargli il sonno che, più del cibo, pareva averlo abbandonato. La notte faceva scontare a mio padre la sua oblazione diurna. Lo castigava orrendamente. Quando ci ritiravamo nelle nostre rispettive stanze, io con lui nella matrimoniale e mia madre nella singola, un torturatore invisibile ci impediva anche solo l'illusione del sonno. Un supplizio che lo prostrava e annichiliva ogni volta che una parvenza di sonno gli faceva chiuder le ciglia.

La morte lo corteggiava.

Gli carezzavo la fronte. Ma era lui, questa volta, a schivare le carezze. Non per rifiutarle, per la loro impotenza. S'alzava dal letto e andava a poggiarsi al davanzale della finestra, cercando di catturare quel po' di fiato che nel letto gli era negato. Gli era tornato alla grande quel male che, in tono minore, gli aveva minato la vita: la claustrofobia. Gli stavo accanto come un lottatore. Al mio sconfortato aiuto, lui rispondeva obbediente, pudico. Sfiduciato, fingeva fiducia. Disfatto, riprendeva la cavalcata del sonno; disarcionato, l'istante dopo. In un lumicino degli occhi intravedevo l'eroismo di un tempo. Ma non quello dell'Africa. L'altro. Quello di cui parlava raramente, forse nel timore di ricascarci dentro. Era la battaglia, di poche ore, che aveva combattuto dopo l'otto settembre, subito dopo esser rientrato dalla Libia.

Il luogo era appena dietro la Cascina del Bricco, a due passi dall'uscio di casa. Un buco nero che si replicava ogni volta che un luogo angusto e ristretto lo aggrediva alle spalle. Un buco da cui risaliva esausto, scoraggiato, come se aver salva la vita lo lasciasse incredulo e anche un po' indifferente, tanto il nemico si sarebbe ripresentato e avrebbe continuato a colpirlo. Lo spronavo, con dolcezza, a fidarsi del sonno. Era come invitarlo a consegnarsi al nemico. Prima di riabbassare la guancia sul cuscino, che gli avevo sistemato sul davanzale della finestra dove era seduto, faceva un cenno savio, obbediente, in cui intravedevo una sfumatura di acre ironia. Pochi attimi e riaffiorava dal buco, con gli occhi sconfitti, stremati, zuppi di affanno. Avrei dato un pezzo di vita per sentirgli raccontare ancora, da vincitore, lo scampato pericolo diventato poi male ricorrente, ciò che in passato avevo ascoltato sull'orlo di uno sbadiglio. Avrei pagato non so quale prezzo perché fosse lui ora a sbadigliare, padrone del sonno. Annusavo per lui la notte profumata. E immaginavo il puzzo pestilenziale della fossa in cui si era nascosto, dopo l'otto settembre, con altri militari sbandati e ricercati. Stipati sottoterra, per sfuggire ai rastrellamenti tedeschi. La fossa era stata coperta con rami e terriccio da suo fratello Felice, non più di leva. Poi palate di letame, gettate per maggior sicurezza, l'avevano resa irrespirabile. Sarebbero morti soffocati se mio padre, per primo e per dovere di anzianità, non avesse preso a calci ripetutamente il coperchio, sfondandolo e uscendo allo scoperto, per consegnarsi al nemico. Ma, ad accoglierli, oltre il cielo buio, non c'era il nemico. C'era il fratello Felice. Un finale che lui raccontava, diversamente da quelli africani, senza compiacersi e senza un barlume di nostalgia.

Avrei voluto rispondergli, questa volta. Prolungare il suo parsimonioso racconto con un racconto tutto mio ugualmente parsimonioso, ugualmente rischioso e imparentato quanto il suo con la morte. Soffiargli piano all'orecchio ciò che non gli avevo mai detto. Dirgli come anch'io, una notte, avevo guardato il cielo da una terribile prigione. Avrei voluto consolarlo con la mia più grande disgrazia. Col mio più straziante, forse unico, corpo a corpo col nemico. Con la mia sola guerra combattuta in giovinezza. La mia giovinezza che lui non aveva mai conosciuto, anche se intuito e a suo modo caldeggiato. Maturando, sulle mie devianze, la sua mite tolleranza. Avrei voluto narrargli, come una ninna nanna, la notte che ero andato al Colosseo. Come avevo trovato esaltante, dopo la prima al Sistina, spingermi in compagnia del mio amico Franco per le strade che portavano ai Fori Imperiali; allontanarci dal frastuono del teatro dove era successo qualcosa di incredibile: la tiepida accoglienza che il pubblico, la sera della prima, aveva riservato alla nostra Ingrid Thulin, alla semidea che nel *Sogno* di Strindberg si mostrava ogni sera così comprensiva e pietosa per la condizione degli umani. La grande attrice aveva pianto improvvisamente durante il finale. Aveva intrecciato il personaggio a una sua vicenda privata, il suicidio di una cara amica. E noi tutti ci eravamo stretti intorno a lei in un doppio lutto: quello per la semidea che lasciava gli umani e quello per la "divina" (ma la meno diva che abbia mai conosciuto in teatro) che quella sera, fuori copione, piangeva l'amica scomparsa.

Arrivato con Franco ai Fori Imperiali, lo spazio intorno si era come dilatato, rarefatto. Maestosamente incompiuto. Le colonne spezzate, i muretti corrosi, gli archi interrotti, il lastricato divelto e mangiato dall'erba, erano altrettanti monumenti di un vasto cimitero senza cadaveri in vista.

"Fu lì, papà, che incontrai la morte. Che la vidi, potrei dire. Assomiglia agli uomini. Ma lei, gentilmente, non mi volle. Sei curioso di sapere, vero? Non andrò nei dettagli. Le ninne nanne vanno per sintesi. Permettimi prima che ti presenti il mio amico. Franco. Un fratello per me. Anni prima lui aveva trovato al Colosseo la sua più bella e fantastica storia. Quella di un amore con l'A maiuscola. L'amore fatto prima di parole scherzose, che diventano poi teneri fatti. Anche io avrei trovato lì il mio grande amore, quella notte. Ma non andò così. Andò che… Vorrei fartela dolce… Nessuna ninna nanna può crogiolarsi nella crudeltà. Sulle rovine campeggiava la luna. Mi fermai a guardarla come la guardavo quando risplendeva sull'orto fatto da te. Una luna fatta per far sognare l'amore. Si avvicinarono in due… Poi in quattro…

Poi in sei… In tutto otto, credo. Ma eravamo già fuori dal Colosseo. La scusa era quella di portarmi a una festa nella villa della Lollo, sull'Appia Antica. Le loro voci, sulla Mini Morris bianca dove stavo con due di loro, cominciarono a mutare dal festoso al bieco. Anche i loro volti (fu la cosa più spaventosa) mutarono. Mi appellai agli occhiali che portava uno e che, come bestia, poteva avere un'attenuante: non vederci bene. Il corteo di macchine arrivò su uno spiazzo da dove si vedeva tutta Roma. Sceso dall'auto, subito tirai fuori il portafoglio: che avessero quello al posto mio. Ma non lo vollero. Volevano sangue. Fecero un cerchio intorno a me. Un cerchio di botte e calci. E orinarono, a turno, sulla mia testa. Uno, che voleva anche defecare, disse: "Stai fortunato, nun me viene!" Qualcuno, poi, si impietosì o si stufò, e disse "annamosene va'!". Era il capo? Comunque gli obbedirono. La loro Mini, in retromarcia, mi sfiorò semisvenuto a terra, nudo dalla cintola in giù. La mia vita, che vidi persa, fu invece salva. A che prezzo, vorresti chiedermi? Non saprei. Un po' l'ho dimenticata. Quei ragazzacci sono diventati fantasmi. Ma non il ragazzo con gli occhiali, che rivedo preciso di notte. Per cui devi dormire, papà, a volte nei sogni si affacciano i fantasmi migliori. Com'è finita, mi chiedi? È finita che passò un taxi, con un taxista buono che ci scherzò anche un po' su."

Al Mauriziano, dove lo portammo d'urgenza, non si reggeva più in piedi. Già alle Terme, negli ultimi giorni, si appoggiava a noi camminando come se fosse ferito alle gambe. "Ha i reni come due fagioli" disse un dottore, in vena di paragoni.

Un altro non fu da meno, e volle divertirsi o sdrammatizzare. Da solo in camera dopo la prima dialisi, si era messo a contare quello che lui solo vedeva. Quel medico lo interrogò. Lui rispose con ovvietà "mele", e con un pizzico di imbarazzo non tanto per sé quanto per quel camice, aggiunse "a corto di vista?". Raccontandomelo, quel medico quasi sghignazzava. Ma che ne sapeva di mio padre? della sua gestualità? del suo repertorio agreste? A me restava solo da capire se credesse di stare nel suo orto al paese o nel suo commercio in Trentino. Cose ormai lontane nel tempo che lui aveva adunato lì con l'arte magica del mimo. Dopo due dialisi il suo spazio operativo cambiò e indietreggiò ancor più nel tempo fino a raggiungere i tempi della guerra, vissuti stavolta in modo diverso. Forse nell'armata dove non era mai stato, quella partigiana. Diventò, nei corridoi dell'ospedale, il capo di un'insurrezione armata. Capitano di una resistenza così reale da farlo ringiovanire nel viso, con gli occhi ardenti di un combattente esaltato, eroico. Sporgeva dalla carrozzina per quanto glielo permetteva il corpo alquanto debilitato, e batteva in avanscoperta perlustrando ogni pilastro, ogni rientranza, ogni porta.

Ci voleva salvare.

Mentre mia madre e io lo guidavamo a turno, mostrando obbedienza e cioè abbassando il capo fino a nasconderlo dietro le spalle della carrozzina diventata un carro armato tra il fuoco nemico. Finché, verso sera, arrivava la sua "staffetta". La pingue e vigorosa infermiera di notte a cui subito lui proponeva, con le più esplicite e sbrigative avances, di fare l'amore. Sua moglie stava ovviamente al gioco e recitava una finta gelosia. Si rallegrava, in fondo, provando una tenerezza straziata per il sorriso "birichino" che gli era rispuntato, come quando era tornato dall'Africa.

Dopo altre dialisi, la guerra finì. Tornata la pace, lui se ne stava tranquillo al paese, sotto il portico: lo capivo da come mi indicava, al fondo del letto, i cestini e le sporte appese, di quelle che lui sapeva fabbricare con le foglie di granturco intrecciate, un'arte imparata fin da bambino. Puliva l'aglio, con mimica perfetta.

Capivo allora come da lui potevo aver preso anche un po' della mia arte teatrale. E mi sentivo gratificato.

Qui urge una piccola parentesi. Ai tempi del mio primo spettacolo importante, mio padre m'aspettava al fondo della platea del teatro Alfieri, con le porte già spalancate su piazza Solferino, da dove era entrato durante gli applausi per venirmi a prendere. Non aveva mai voluto vedere per intero *Puntila e il suo servo Matti*, spettacolo in cui avevo avuto il mio primo piccolo ma clamoroso successo. Tutto il contrario di Nonno che, quando ero ancora allievo attore, veniva al teatro Carignano quasi a ogni replica del *Benito Cereno*, spettacolo in cui semplicemente attraversavo di corsa il palcoscenico travestito da marine. Nonno, agli applausi, si nascondeva sempre dietro un pilastro della galleria. Non voleva farsi vedere, vergognoso nello scoprire la mia vergogna di essere visto da lui nel fare quella comparsata. Eppure non doveva parergli vero di vedermi comparire non più dietro un vecchio sipario di sacchi vuoti, ma dietro un ricco sipario di velluto rosso con frange dorate. Che strano destino! Nonno morì senza sentirmi dire una sola battuta sul palcoscenico, cosa per cui avrebbe spasimato. Mentre mio padre, le mie battute in teatro, le detestò. Le trovava "sforzate". Erano anni in cui si recitava soprattutto il grottesco. Un genere per cui ero naturalmente portato ma, come mio padre aveva intuito ancor prima di me, la mia recitazione era più efficace nel gesto che nella voce.

Sotto il portico della nostra casa al paese dove lui si era messo a pulire l'aglio e a intrecciare i cestini, l'immagine era anche quella di una saggezza senza tempo, superiore a ogni cura e a ogni medicina. Il monumento di un'imperturbabile laboriosità contadina, vittoriosa su ogni male. "Già in paradiso", pensavo. Dal paradiso venne bruscamente cacciato. Si dovette trasferirlo all'ospedale Martini; lo imponeva la suddivisione territoriale legata alla Sanità, nella stretta di un regolamento diventato più rigido. Lo deplorai con tutto me stesso. Scongiurai perché lo lasciassero lì, dove ormai si era costruito i meravigliosi set della sua visionarietà prodigiosa. Ma lui, del cambio, non se ne accorse nemmeno. Salì sull'autoambulanza come su una carrozza reale. Salutando la folla, in verità quel po' di personale ospedaliero che gli si era affezionato. Quasi mi pentivo della sofferta protesta con cui avevo condannato quel trattamento di doverlo portare, per le ultime dialisi, in un altro ospedale. Non avevo ancora capito che lui, da contadino bambino, aveva sempre adorato il suo re che, nella sua fantasia, doveva esser buono e clemente come nelle favole a lieto fine. O non avevo capito che lui stesso era diventato quel re. Il bravo monarca di un vasto regno dove i distretti sanitari erano altrettante province, dove si veniva sempre e comunque omaggiati dai sudditi. Benedissi la sua demenza. Ossuto e magro come un donchisciotte, fu tradotto al Martini soltanto perché lì c'era chi fosse capace di chiudergli, per un giusto riposo, quei suoi infaticabili occhi.

Certo la cugina Mirella, che gli tenne la mano negli ultimi istanti, non dice che quella stretta le comunicò il senso di un tremendo abbandono. Di un'ultima delusione ricevuta da me e mia madre, e patita da mio padre con la solita muta rassegnazione. Ma dalle parole monche e dai sospiri trattenuti con cui poi Mirella mi raccontò ("solo a te, solo a te!") gli ultimi istanti di mio padre, la loro definitiva stretta di mano risulta così intensa e prolungata da lasciarmi immaginare una lotta feroce, un furioso quanto debolissimo ritorno del guerriero, un icastico e riuscito compendio della cronica mitezza di mio padre, della sua forza sempre ingentilita dalla pazienza e dalla sopportazione, qualità che aveva ereditato dal suo mondo contadino. A meno che non fosse, come sicuramente è, un tentativo tanto inutile quanto disperato di rimandare l'appuntamento con la morte e godere così fino allo stremo l'unico contatto che gli restava con la vita. E quando Mirella accenna agli occhi neri del moribondo diventati come due buie caverne, il sussurro che gli rivolge ("ciao Mario...") risuona nelle mie orecchie non solo come l'eco di un ultimo saluto ma l'estremo tentativo di dirgli, in punto di morte, quel che non gli aveva mai detto in vita: quanto l'avesse amato dal momento in cui da giovani, per motivi che si perdono nella notte dei tempi, aveva lasciato a mia madre, sua cugina prima, il privilegio di cominciare una relazione tanto seria e definitiva con il "bel moretto" appena sbarcato dall'Africa. Immagino che Mirella abbia raccolto lo sguardo da principessa di sua cugina quando questa, con un lungo grembiale e la scopa di saggina in mano, stava spazzando davanti a una delle due botteghe del paese. Quasi non si accorgeva di avanzare verso il centro della piazza, quasi invadendo la parte delle pulizie spettanti all'altra bottega. Un attimo dopo, mia cugina deve averla vista retrocedere e fermarsi di botto come se avesse trovato un rospo sotto la scopa. L'arguta e onesta Mirella capì subito che il rospo era quello delle favole, pronto a mutarsi in un principe. Bastò che seguisse lo sguardo di mia madre che non si era arrestato con raccapriccio ai piedi della scopa ma si era spinto oltre questa e ben oltre il centro della piazza, in un punto vago ma denso di possibilità. Un punto che, ancor prima degli occhi, le orecchie avevano segnalato sotto forma di trotto. Un cavallo si stava avvicinando al paese e non poteva che essere quello del suo Principe Azzurro. Giunse il momento in cui le due cugine guardarono nella stessa direzione, ma con sguardi diversi e colmi di una disuguale meraviglia. Mirella aveva occhi nocciola che, sotto l'attacco di un possibile incanto, si rimpicciolivano fino a diventare invisibili e un po' si raggomitolavano come due ricci sulla difensiva. Quelli celesti di mia madre si dilatavano e sgranavano su ogni bellezza da cui subito si facevano riempire e allagare. Ma chissà quante altre belle ragazze, quante altre donne anche attempate, dovettero fermarsi di botto lì sull'unica piazza, tese all'ascolto di un inconfondibile trotto. Avevano arrestato la traversata delle carrette con sopra le ceste di pane appena uscito dal forno, e ne avevano sparso la fragranza in una direzione insolita: l'aroma del pane, seguendo gli sguardi delle donne, agevolmente si era rivolto non più verso le stradine in salita per le tre colline intorno ma verso il viale dei Caduti che, diritto e pianeggiante, costeggiava la provinciale. Ma chi poteva mai giungere dal polveroso stradone? Chi poteva, a quell'ora del giorno già fatto, vincere ogni altro rumore di fondo: quello stridente della segheria a valle; quello monotono del fabbro nell'antro del suo porticato; quello pettegolo dello scalpellino che, fischiettando poggiato a una lapide cui stava lavorando, mai rinunciava a scambiare quattro chiacchiere con chi, prendendo la scorciatoia, saliva al cimitero e gli si rivolgeva con l'aria allegra e appagata di un padrone d'albergo a cui non mancheranno mai i clienti? Naturalmente non poteva essere che il Conte, quel trotto. Il Conte col suo calesse. Il Conte Podestà. Poteva anche non annunciare una visita eccezionale. Poteva, come capitava, essere venuto lui di persona invece del messo, per sbrigare all'osteria (non esisteva ancora il municipio) qualche pratica comunale; o per incontrare di persona qualcuno che non fosse il prete, se no sarebbe salito in canonica senza sostare in piazza. Nulla di tutto ciò. Tirò le redini, alzandosi dritto come un monumento; dopo di che il suo calesse scodellò, lì in mezzo alla piazza, il suo contenuto speciale: mio padre. Lo aveva caricato alla stazione del paese vicino, dove il nobiluomo l'aveva visto scendere dal treno per puro caso e si era subito offerto, trascurando ogni suo affare, di accompagnarlo al paese natale. "Sei di qui o sei africano?" chiese. La risposta di mio padre dovette essere tra le più emozionate. Il Conte doveva avervi letto tutto lo spaesamento del caso, lo stesso che mio padre raccontava quando dichiarava che, sceso dal treno, tutto intorno a lui risultò molto piccolo rispetto a quel che ricordava (tranne il Conte, forse). Come se la campagna, il paese, ma soprattutto il campanile (in cui sembrava mettere tutta la sua enfasi di sopravvissuto di guerra) fossero dentro un drappo di lana grezza che, investito dall'acqua bollente, si fosse ristretto a una dimensione irrisoria, ridicola. Erano tempi in cui mio padre, come deduco dalle sue foto in bianco e nero, curava molto l'eleganza, più di quanto mi fu dato vedere nel resto della sua vita. Forse il paese gli parve come un vestito troppo stretto. Con una mano posata sulla sua spalla, il Conte si mise a magnificare il reduce dalla guerra libica. Le donne sulla piazza se lo bevono immobili. Hanno un'aria tra curiosa e devota. Con un fiume di sensazioni che hanno imparato a controllare, se non a respingere. Stanno come nel momento iniziale della processione quando non guardano il prete sotto il baldacchino con il Santissimo o la Madonna coronata di rose sulla portantina. Guardano gli uomini. Gli uomini che la Madonna la portano in spalle. Guardano i più giovani che, infilati in un saio bianco per l'occasione, mostrano comunque una possente capacità di cambiare; hanno mutato una barbetta appena accennata in un bel prato nero rasato di fresco; i capelli opachi e arruffati in un ciuffo che cresce inesorabile tanto da doverlo ammansire in un compatto strato di brillantina; un naso che si allunga a dismisura, proprio come quello del padre o del nonno; due occhi che si sono inaspriti e ora sfoderano, mentre reggono la Madonna, un senso di conquista quasi feroce. Guardano gli uomini che tollerano il prete ai quattro angoli del baldacchino, ma ogni tanto guardano anche il prevosto, perché lo temono. Sulla piazza le donne si sentono più libere. E non solo quando vi piantano il ballo durante la festa padronale, quando riempiono i fossi intorno ai sentieri e lungo lo stradone dei loro zoccoli, in fretta sostituiti dalle scarpe da festa e che poi, con la scusa di andarli a riprendere, si accovacciano, ebbre di ballo, con quell'ultimo tango che le ha già praticamente spogliate, tanto che al moroso di turno non serve il gesto furtivo di tirar giù una mutanda, trovando già tutto pronto, tutto aperto per fabbricare il bambino che poi nessuno vuole; finché un anziano capofamiglia non alza il bastone e lo va a brandire davanti all'uscio di chi ha combinato il patatrac, ma invece del bel lavativo, imboscato per giorni o per mesi, esce un altro capofamiglia che al bastone risponde accendendosi il sigaro, il locale calumet della pace o del *parlumne* (parliamone).

6. UN PICCOLO NEO

Quando lo vidi composto nella bara, fissai a lungo un suo piccolo neo. Stava sulla tempia sinistra. Immaginai che fosse il centro di una vita rimasta. Rifugiatasi lì. Tutta lì. In un punto infinitesimale, dove starsene nascosta. E salvarsi dalla futura catastrofe. Pulsava quel poco da non farsi notare. Giocavo a volere che non fosse morto o che fosse morto solo per gli altri. Un piccolo neo diventato il minuscolo periscopio con cui risalire gli abissi della morte. Lo supplicavo di restare vivo. Di non lasciarsi prendere. Di non farsi affondare nel disfacimento della carne. A un certo punto lo vidi ingrandirsi. Espandersi come le onde smosse da un sasso gettato in uno stagno. Nello stagno della morte buttavo le mie lacrime, così che il neo ingrandì, fino a coprire un'intera vita. Un continente. Da cui mio padre fosse tornato. Quando chiusero la bara, quasi non mi accorsi di urlare: non ero più lì. I primi giorni del lutto li passai andando a cercare le sue foto d'Africa. Ma non la sua. La mano, ancor prima degli occhi, cercò la foto cartolina dove campeggiava un uomo in impeccabile uniforme che pareva l'inno alla bellezza virile: occhi bruni, tratti volitivi e dolci, capelli lisci e impomatati. Quel che mia madre avrebbe detto: "Un gran bel giovanotto". Bucciarelli. Il suo amico del cuore. L'unica foto che avesse di lui. Era l'uomo di cui mio padre non parlava mai, lasciando che fosse sua moglie a farlo, vergognosa di non averlo mai voluto conoscere. Quando io nacqui l'argomento era già chiuso. M'intrigava riaprirlo. Era l'unico modo, che sentivo fruttuoso, di elaborare il mio lutto. Nessuno aveva pensato di avvisare l'antico commilitone della morte del suo amico, come nessuno dei parenti di Bucciarelli avrebbe avvisato noi della sua. Erano perciò vivi entrambi. E avrebbero continuato a vivere in eterno l'uno per l'altro. Il vantaggio di lasciarsi per sempre, durante la vita, è una garanzia di non morire mai. Mentre i nostri morti diventano deleghe di vita.

Ma si può ricavare una storia d'amore dal nulla?

Io ne ero capace. Ne ero quasi uno specialista. Soprattutto in ordine all'indicibile. Lasciando perdere gli esempi magistrali, in cima a tutti l'amato Proust, non ho fatto altro per tutta la vita che raccontarmi i miei amori indicibili. L'indicibile è stato ciò che maggiormente mi ha nutrito. È da questo nutrimento abbondante che vorrei estrarre un dono, postumo, per il padre mio. Un dono funerario. Come il cibo che anticamente si lasciava nelle tombe dei propri cari per affrontare la traversata nell'aldilà. Voglio regalare a mio padre il suo indicibile. Ciò che mai si sarebbe sognato di raccontarci. E la certezza più solida del suo indicibile è il desiderio che il suo amico ebbe di poterlo un giorno rivedere mentre, che io sappia, mio padre non parlò mai di un suo analogo desiderio. Né mai raccontò dell'amico. Un silenzio troppo sospetto perché non vi intraveda il segno di una passione interrotta, contrastata, tale che il solo parlarne poteva fare male. Di questo sono convinto: il desiderio di parlare di un rapporto di amicizia, soprattutto quando è una storia d'amore, per me è ineludibile.

Con questo spirito mi sono messo a rovistare negli angoli meno noti della sua campagna d'Africa. Lì potevo rendergli merito. Quel merito che lui celebrava con un ampio respiro dove la sua mitezza e umiltà diventavano epopea famigliare. E dove io ero il solo a non ascoltarlo. Voglio ora rendergli giustizia, non potendolo più ascoltare. E non mi sento certo falso. Non mi sento "sforzato". Una segreta storia d'amore che reca sollievo alla mia volontà di volerlo onorare e risarcire, con un tocco di leggerezza degna di lui. Ma poiché non ci sono più lettere, forse sono state tutte stracciate o bruciate, e neppure una dedica dietro la foto cartolina dell'amato (cosa di per sé sospetta) mi appiglio al viso atteggiato a contrizione di mia madre quando, pentita di non aver mai onorato l'invito di Bucciarelli di andare a Fiesole, diceva: "Ha sempre molto insistito, quel bel fiorentino, perché ci andassimo!". Si aspettava da mio padre una convalida del suo flebile senso di colpa? Lui si ostinava a restarsene zitto, come se un suo ricongiungimento con l'amico fosse stato un tabù. Non con lei, almeno. Forse lo sarebbe stato con me? Ai tempi del mio goffo tentativo di suicidio dopo la maturità lo fu sicuramente. Quando, all'uscita dallo studio del neurologo, che in qualche modo gli aveva ufficializzato la mia diversità, mio padre (rifiutando decisamente che venissi sottoposto a una terapia di elettroshock allora in gran voga) mi disse parole piene di sottintesi, che però gli troncai sul nascere: "È normale! Guarda che anch'io in Africa…" E dopo le parole interrotte, come schiacciata dalla mia forza d'urto, stremata per aver attraversato la spessa cortina di silenzio in cui era avvolta, ne sentii venir fuori un'altra: "Bucciarelli". Sicuramente mio padre voleva darmi la possibilità di un dialogo sul nostro comune destino. Voleva anche un complice? Voleva un padre, oltre che un figlio? Presentiva quel capovolgimento di ruoli che, di lì a poco, sarebbe dilagato come rivoluzione culturale? Cascò male, poverino. Nel considerare "normale" la mia passione per Massimo, non aveva valutato abbastanza come quella parola risultasse per me offensiva, come un colpo di frusta, un violento schiocco, ma poco sonoro, nel vuoto culturale dove ponevo mio padre. La sentii come un miserabile tentativo di svilire la mia complessa passione amorosa mentre lui, alla buona,

voleva tendere la mano verso i rossi fumi del melodramma in cui
mi impantanavo. Voleva semplicemente rendermi la vita più facile, consapevole più di me della cattiveria del mondo. Rendermi
la vita facile anche lì, nel campo più delicato e intimo, dopo aver-
mela resa facile in tutti gli altri campi, compreso quello economico.

Cercavo altre prove.
E cominciai dall'ultima testimonianza tangibile, autografata
per così dire: l'atlante dell'Enciclopedia Britannica. Era stato lui
a volermela comprare durante il liceo; io l'avevo consultata assai
poco, e meno che mai il suo dettagliato atlante. Qualche mese
prima di morire lui l'aveva invece aperto con vivo interesse, fer-
mandosi sulla cartina dell'Africa settentrionale, e si era messo a
tracciare con un lapis tutti i suoi spostamenti nel deserto del Sahara dal 1937 al 1942. Mi credeva attento. E lo ero. Per lo meno
quel poco o quel tanto per lasciarglielo credere. Perciò la sua
verve narrativa risultava dolce e pacata, priva di astuzie retoriche
e del bisogno di convincere. Ben netta sul giallo limone che co-
lorava la Libia, scrisse una parola con somma diligenza: "riti-
rata". Incastonata nel bel mezzo di un vasto reticolo, che indicava
i suoi andirivieni coi camion militari; la calligrafia bella e ordi-
nata, dove la precisione era un puntiglio mai perso mentre quella
mia e di mia madre erano notoriamente "ballerine". Certo, era un
materiale fin troppo labile e vago per intravedervi la traccia, il
percorso ossessivo di un innamorato: un innamorato non solo
della guerra ma soprattutto di un altro uomo che non era affatto
Mussolini. Mi convinsi che volesse sublimare il suo amore vero
in uno schema geometrico, come per dare figura e ordine all'in-
nominabile. Tanto più che la passione segreta pareva doversi sfo-
gare in quel tracciato a matita, che lui tante volte si mise a ripas-
sare, finché non diventò come un robusto cordone di sicurezza
intorno all'inviolabilità di un segreto. Ricordavo il tono mite e

sognante della voce, dove il respiro già faticoso costruiva pause significative. Sospiri. Una voce trepidante aveva pronunciato più volte la parola "oasi". Nemmeno nel contemplare l'orto della casa al paese aveva avuto vibrazioni così estatiche. Certo, nulla che evidenziasse l'ombra di una coppia di amanti clandestini magari in fuga dall'esercito. Tanto più che in una fotografia di gruppo che ora sta dentro l'atlante come segnalibro, uomini in sosta sulla liquida sponda di un'oasi sembrano completamente a loro agio. Demilitarizzati, esibiscono in costume da bagno corpi che, appena usciti dall'uniforme, godono di un'espansione che li rende perfino un po' disarmonici: storti, come se ciascun arto volesse riprendersi uno spazio usurpato e una vacanza lontana da ogni comando. Eppure, a guardar bene, lo spirito di corpo impera. La piramide umana che hanno costruito in equilibrio uno sull'altro sembra essere, al momento, incrollabile. Come se il filo di ferro di una volontà caparbia le impedisse di cadere. Come se, da una guerra già persa, potesse scaturire un gigantesco spirito di corpo. Ciascun soldato messo a nudo e carico di una gioiosità audace che non gli viene da sé ma dal vicino, cui si aggrappa sostenendolo. Una fotografia in cui il sorriso di mio padre spicca per una sua schiettezza ironica. Una bellezza tra Gregory Peck e Cary Grant. Tale da far innamorare uomini e donne. Un piglio "birichino". Lo sguardo nero che solca un disincanto contadino. Un'altra foto lo riprende solitario in cima a una fila di camion militari. Poggiato al primo, con la sigaretta tra i denti e un'aria di superiore possesso. Quel possesso che per lui non fu mai padronanza, ma un rapporto speciale di cui essere grato al buon Dio da cogliere sempre con cautela e parsimonia. Con fatalità, anche. Come un bene che passa. Guardandolo nella foto, mi pare di vedermi rispecchiato quando anch'io fumavo cercando un amore perduto andato in fumo. Chissà, mi chiedo, se si poteva avere un sorriso come il suo coltivando un amore segreto? Bucciarelli non compare mai nelle foto di gruppo. Più che ovvio. In una foto di gruppo non c'è spazio per l'amante segreto. Appartiene ad altri orizzonti. Non c'è neppure una foto di loro due da soli. Comparire da solo, occupando tutto lo spazio di una foto-cartolina, è invece qualcosa che puoi donare all'amato perché se la porti a casa e la guardi per il resto dei suoi giorni, senza l'ingombro di una coppia immortalata in una falsa posa ma decidendo di volta in volta con la propria sbrigliata fantasia dove e come volersi piazzare accanto a lui. Lo so, mi arrampico sugli specchi.

Ma intanto mio padre sorride.

In definitiva, con lo stesso sorriso che aveva il giorno prima di entrare in coma. E che offrì a una robusta infermiera l'estro di dire, o di dire al suo cuore, che non lo lasciava morire: "Vorrei stringerlo qui" indicando i poderosi palmi che aveva "e spappolarglielo". Un'intenzione a suo modo pietosa. E come tale la presi. Alludeva al fatto che il cuore di mio padre, dopo l'operazione che aveva fatto vent'anni prima a Lione, all'età di sessant'anni, aveva rafforzato talmente il suo cuore da renderlo un osso duro anche per la morte. "Spappolare" il cuore di mio padre pare a me, ancora oggi, un'impresa ardua, non solo per la morte che infine lo vinse ma per qualsiasi morte si voglia prender la briga di ucciderlo ancora.

Ma questa è un'altra storia…

7. FUORI TEMPO MASSIMO

Sono gli occhi di J a farmi parlare.

Dove le pupille affiorano dal grigio dell'iride. È di lì che salpa il racconto. E va ben oltre ogni mia volontà: navigo a vista nel mare del suo sguardo.

D'altra parte non è novità: mi sono sempre perso nello sguardo di qualcuno, anche se raramente ritrovato. Tutti i miei amori partivano dagli occhi, prima che il corpo diventasse attracco di fortuna, con moli e ponti precari.

"La mia maturità" mi sorprendo a dirgli "fu un vero disastro. Il secchione rovesciato nell'immondizia di una scuola religiosa…"

Volevo che conoscesse qualcosa di me. E ho iniziato con una débâcle: la mia maturità rimandata. Forse non è un discorso tanto peregrino, e tutto sommato mi riassume: tutte le tappe della mia vita sono state rimandate "a dopo"; giunte sempre in ritardo; molte, fuori tempo massimo.

Sto trovando finalmente l'Amore a un'età veneranda? Non m'importa che lo sia. Sta di fatto che sono felice, o credo di esserlo (che è lo stesso).

Ho 68 anni.

Nonno, alla mia età, era già morto da un anno.

Ma credo che J, più di me, stia fuggendo dal tempo. O forse

cerca in me (in chi ha fatto l'attore) logiche che annullino il tempo e lo spazio presenti. E infatti mi guarda come un altrove: un altrove trovato. O forse m'illudo, e gli attribuisco, a causa del suo ostinato silenzio, i pensieri che voglio. Così ciò che mi pare di leggere nella sua persona è un complesso di responsabilità mai visto prima in un innamorato. E gli leggo quel mare di proiezioni di cui l'Altro, in amore, sa farsi schermo (quando non si fa scherno).

Ci siamo trovati in un sito di appuntamenti, J e io. Di quelli che servono a fare un po' di coppia per un po' di tempo: un tempo che può iniziare al tramonto e finire prima dell'alba, dopo aver stropicciato un paio di lenzuola; e poi chi s'è visto, s'è visto.

Nel sito lui compariva con un mare dietro: una foto dove staccava un sorriso ironico da una marina francese; l'origine francese del suo nome aggiungeva fascino a fascino; ma quando, nel bar sotto casa, lo vidi arrivare sullo spiazzo pedonale ricco di porfidi, subito m'accorsi che quello che J aveva alle spalle non era il mare: era l'oceano.

Era un oceano che aveva varcato! E avanzava da un *parterre* hollywoodiano per darmi finalmente una lezione dal vivo. L'Actors Studio gli aveva insegnato a staccar le pupille verso un vago infinito alle spalle della bella di turno; come se, dai tempi di Brando, non si fosse studiato altro che ciò che sa rendere un maschio irresistibile: la fuga. ("In amor vince chi fugge" non è solo scuola di vecchie zie rimaste zitelle: è legge divina, a cominciare da Zeus con le sue innumerevoli prede).

Certo lui era più Montgomery Clift che altro. Nel suo infinito trovava un groviglio di problemi irisolti, con gli occhi che, più che lanciarsi, restavano come sbarrati.

Fatto sta che, dopo anni, sentivo nuovamente agitarsi un vecchio arsenale di stelle; erano tutte lì, disordinate dentro di me, le più belle star in bianco e nero: i colori della Passione. Si erano date convegno nel dehors del bar, dove le sentivo così naturalmente fuori di testa, come se il bordo della mia tazzina di caffè fosse l'orlo tinto di rosso di un bicchierone di whisky dove annegare un'ipotetica felicità; la più matta di tutte e logorroica, cercava di tenere a bada le altre, con una classe che le sputava dagli occhi bagliori di superiorità: povera Vivien, tutta sudata su quel tram che ancora chiamava "desiderio"!

Era tempo che non avevo spettatori come gli occhi di J.

Mi inducevano a gigioneggiare, cosa da cui mi sono sempre guardato.

Ma non c'era più tempo per controllarmi, per non lasciarmi andare: avevo 68 anni.

Ora ne ho 70.

E ora, solo ora, mi pare di aver trovato l'Amore.

J è sposato.

Mai la parola "sposato" fu inciampo per me. Un tempo la consideravo una fortuna: quando vedevo brillare una fede all'anulare di un bisessuale, era garanzia di varco per un altro mondo dove non c'era un doppio di me con cui imbastire una disperazione a due: c'era davvero l'Altro.

A un secondo incontro, capii che la verità poteva essere un'altra: J era semplicemente un timido. Inesperto e sfuggente, come milioni di uomini che vogliono provare emozioni diverse; lo sguardo proiettato verso non altro che una vertiginosa ansia di (non) farcela.

Ora sono così felicemente sorpreso di trovarmelo davanti una volta al mese (a volte anche ogni quindici giorni), che mi conviene essere cauto e seguire con scrupolo la cronologia dei fatti.

I fatti.

Dunque. Se Amor trionfa, lo devo al mio smartphone. È stato lì che J m'ha agganciato, rispondendo al mio "spiritoso" annuncio, e decidendo il nostro primo appuntamento. Il secondo fu a grande distanza di tempo, dopo che J lo pensò e ripensò, desumendolo e stabilendolo da un'agenda fitta di impegni. Mai gli ho chiesto cosa facesse nella vita. Sul suo lavoro, egli fu vago anche durante il terzo incontro.

Fugata per sempre l'ombra dell'escort, restavano, mi parve di capire, ingaggi brevi, saltuari, pagati male o non pagati; servizi sociali prestati per passione e per nobile causa, di cui non meritava parlare, anche per naturale modestia; così immaginai il disoccupato di mezza età sul punto di diventare cronico, ma non di arrendersi; tanto più che lo spirito (lo sguardo!) era quello di un pioniere, di un giramondo che avesse imparato da svariate culture: una specie di marinaio che, abituato a guardare a fondo, per lo più tace, con un silenzio scrutatore e lungimirante; e con una stringatezza di stile che esclude il compiacimento o il contrabbando di sé.

E poi, non so come, mi trovai a svuotare una scatola di kleenex, mentre guardavo la tv.

Un programma sulle unioni civili.

Gli unici casi di storie d'amore con happy end in cui nessuno credeva più.

Con arie miracolate dal riconoscimento finalmente legale.

Con paradisi ritrovati in corner dopo averli persi per un'intera vita.

Con amici da sempre complici e parenti derelitti prima e gloriosi poi per aver riconosciuto il loro figlio un tempo scacciato di casa e ora amato come una divinità sull'altare.

Con sartorie e prove d'abiti da cerimonia dove il sarto trema di felicità euforica nello sperimentare un *genius vestis* dove l'abito di lui risulta uguale a quello di lui, ma dove non sempre l'abito di lei risulta uguale a quello di lei (dove le donne vincono per fantasia).

Con sindaci che invece della fascia tricolore indossano l'arcobaleno in un cielo municipale da giubileo civile.

Con amministratori comunali che par vedano finalmente il sole dopo nuvole eterne di burocrazia.

Le coppie finalmente unite sembrano resuscitare fratellanze remote; resistenze tenaci mai più viste dai tempi della Seconda Guerra Mondiale; mentre i manifestanti del Family Day sembrano voler scatenare sulle piazze la Terza Guerra Mondiale.

Con telefonate allarmate alla Rai durante la cena visto che la puntata viene trasmessa in fascia protetta.

Con insalate di "ma questo è davvero troppo!" e "rieccoli i froci!" scappato di bocca ai bambini più piccoli.

Con sbatter di dentiere là dove il telecomando non viene più usato e lo zapping negletto essendo la visione di questi "ma dove si andrà a finire!" è fin troppo ghiotta e ben più oscena e raccapricciante dei soliti terremotati...

J mi racconta, parsimonioso, del legame con la sua attuale compagna (non so se anche "moglie", benché lui la chiami così); e aggiunge: "Non mi farei troppe illusioni sulla coppia".

Forse gli ho parlato, o me lo ha letto nel pensiero, del mio desiderio di formare una coppia, non avendolo mai esaudito in tutta la mia vita. La mia vita fatta di tournée concedeva "matrimoni" solo sporadici e approssimativi, con convivenze stagionali mentre si condivideva la stessa stanza d'albergo.

Ma tra gli attori nascevano poco gli amori.

Nascevano di più ciò che all'amore si contrappone da sempre: l'odio, la competizione, la rivalità.

Poi penso a come la conduzione della nostra coppia sia, rispetto alla fierezza gay, in totale controtendenza: un rapporto che qualcuno potrebbe considerare "incivile", quel nostro non vivere insieme: quel vedersi in segreto una volta ogni quindici giorni, se non una volta al mese.

Tutto ciò che per certuni potrebbe incarnare una vera sfortuna, J la vede come una vera "fortuna".

Senza alcun dubbio siamo una coppia "non sfatta". Ma con delle fondamentali regole, tutte sue. Come, l'ultima introdotta, che io non gli mandi più nemmeno un whatsapp che non sia di risposta ai suoi, di whatsapp. Le telefonate essendo abolite per un accordo stabilito fin dal nostro primo appuntamento. Sua moglie è dannatamente gelosa e gli intercetta ogni messaggio, e qualche volta gli intercetta "anche la vita", rendendogliela "impossibile".

Tuttavia, lui l'ama. L'ama, con "responsabilità". E l'ama, anche, credo, come un uomo che ami la tirannia di una donna.

E poi c'è una decisiva attenuante a un suo eventuale senso di colpa, quando, ogni tanto, lui si separa da lei: lei deve aver rinunciato al sesso, mentre lui no: anzi.

Così, per non tradirla nemmeno idealmente, un bel giorno lui ha deciso di farlo con un lui. Il sesso. Un'iniziativa magari nata di testa (come esperimento? come ripicca?) e poi dilagata nel corpo, in ogni sua parte, appagante e devastante insieme.

Certo, da maschio, J sembra voler avere un ruolo dominante, dolcemente sadico.

Ma io gli intravedo piccole oasi di femminilità segreta, ed è così che forse esercito con lui una mia imprevista, vaga, indiretta eterosessualità.

Intanto, i suoi whattsapp lui può mandarmeli quando gli pare; e me li manda di un dettagliato mai visto: bollettini di operazioni da effettuare all'interno di una contabilità erotica che ha il frutto di un saporitissimo cocktail dove io sono sicuramente la buccia più spremuta.

Ne vien fuori un virtuosismo che, per me, non pratico di kamasutra, rasenta l'acrobatico.

E mi sfiora l'audace ipotesi: forse con J posso davvero esercitare l'arte del trapezio (un tempo solo vagheggiata).

Tuttavia, nei miei whatsapp di risposta, mi tengo abbottonato e sul vago:

"Okay, tesoro, che problema c'è?"

L'unica censura che mi pongo è di non adoperare la parola "amore", da lui detestata. Se mai me la sono lasciata scappare è stato a fior di labbra, quando lo vedevo trasognato, sotto le mie mani insaponate, mentre mi accingevo a strofinarlo dolcemente, sporgendomi voluttuosamente sul bordo della vasca da bagno.

Anche qui era una prima volta per me: quella di sovrapporre, quasi senza residuo, la figura di un amante a quella di un piccolo bimbo cui facessi il bagnetto.

Anche se la nostra prima volta fu un mezzo disastro.

Fu uno sfogo animalesco. Svolto quasi in piedi, nonostante il letto matrimoniale. Come se gli premesse di salvaguardare la verticalità, mentre coricarsi poteva significargli un cedimento, un rischio, una débâcle.

Ma vi avvertivo, anche, un fondo di pudicizia, di millimetrico rispetto per un corpo che voleva denudare, svelare, come un marinaio che approda su una terra sconosciuta che vuole scoprire. Non so se infine prevalesse, come un conto salato da pagare, il dispetto contro un istinto che gli aveva imposto un sentiero impervio, insidie che, improvvise e moleste, erano giunte a guastargli, a sbarrargli il gusto dell'esploratore, di chi vuole sperimentare il terenziano "nulla di ciò che umano mi è estraneo".

In casa, J entra solo togliendosi le scarpe alla porta d'ingresso (una cultura di terre orientali che gli appartiene). Non è mai capitato, come adesso, che la soglia interna di casa mia ospitasse scarpe e calzini, o che, per il corridoio, si camminasse scalzi.

A spogliarsi, invece, va nel salotto, usato come boudoir.

Mi chiedo cosa avrebbe detto mia madre, pur contenta, credo, di saperlo mio amante. La vedo lieta per il *suo* pavimento rispettato in quel modo! Ma assolutamente perplessa nel vedere uno che gira nudo per casa. La vedo comunque estasiata nel carezzare J, come faceva con gli amici miei. J lei lo carezzerebbe come un pulcino: gli carezzerebbe soprattutto quel piumaggio di capelli

108

"fini come la seta"; e avrebbe per J infinita tenerezza per quei suoi atti di suprema civiltà, raccattati da chissà quali mondi lontani dal suo.

Poi l'annuncio inatteso: "Passerò la notte da te".

Quando avevo accennato, non dico alla possibilità di far coppia, ma a una maggior durata dei nostri incontri, J aveva divagato saggiamente: "Vivi l'attimo…"

Voleva farmi capire che ogni durata era pura illusione.

Così "vivi l'attimo" s'era ramificato in me per un'intera estate.

Avevo già cercato di praticarlo in passato ma sempre si era rivelato un esercizio sterile, solo della mente, mentre con J "l'attimo fuggente" stavo trattenendolo anche dopo minuti ore giorni settimane che era passato.

Mi chiedevo quanti attimi ci fossero in una notte.

Un'eternità, decisi.

Venne dopo cena.

Con l'ansia di fare. Vedere insieme un qualsiasi film, "meglio se romantico".

Accendiamo a caso il televisore. Capita che in una rete diano *Come eravamo*.

Alla prima inserzione pubblicitaria (di quelle che un suo precedente whatsapp programmava di riempire con "delle grandi manovre"), mi par di intravedere, parallelo al film, un nostro "come eravamo", come se stessimo insieme da una vita. Come se J, un po' disperato, cercasse già di salvare il nostro rapporto, non so in che modo pericolante (data la scarsa assiduità). Un volenteroso coniuge. Uno che si sforza di vedere nel film una luce romantica mentre il corpo gli scivola nel buio del sesso.

Come fosse già un lontano passato quel suo ascolto, tra devoto e ironico, delle mie parole in libertà; quel lasciarmi diviso tra impressioni contrastanti; e quasi non gli vedo più la figura smilza e i capelli di seta che un minimo soffio solleva come piccole piume.

Al posto degli occhi, intenti e luminosi, che sfuggivano alle mie esagerazioni, alle mie risposte eccessive, mi ritrovo un manager che deve ottimizzare i tempi di una fantomatica azienda del sesso.

Ma anche una delicata creatura su cui incombe uno strano malessere.

E infatti è lì, arriva. Quasi a precipizio. Il malessere.

Un grido.

Dove il seme gettato gli è stato estorto.

Un pezzo di vita strappato dalla sua pancia.

Urla.

Un urlo soffocato; segreto.

Non ho mai visto un orgasmo così doloroso.

Gli tengo stretto il capo. Glielo accarezzo, infinitamente.

Come se fosse lì, appena sotto i fili di seta, la sorgente del dolore.

È così che l'eco di un altro grido m'assale.

Sospetto che arrivi da dove l'ho lasciato anni fa. Vicino alla morte.

Ma non scappo, stavolta.

Non mi vedo fiondare via dal suo capezzale a cercare un nascondiglio che protegga me e mia madre dal suo coma.

Il coma di mio padre.

È così che ritorna, lancinante, ma non più paurosa, una visione che ho gettato nella cripta delle azioni mancate. Delle vigliaccherie d'istinto.

Era, quel coma, un grido lunghissimo: un grido come questo di J.

Un grido che piano piano si affievoliva in un rantolo, fino a morire.

110

Ero scappato.

"Scappato!"

Un rimprovero della buia coscienza che m'ha morso per ogni scena di film dove vedevo morire qualcuno soffocato. Un rimprovero che mi ha morso per ogni pagina di romanzo ottocentesco dove un anziano moriva tra i conforti dei parenti riuniti al suo capezzale, compresi i bambini costretti a guardare in faccia la morte. Forse mi ha morso anche quando l'amore lo facevo in modo così facile che il godimento dell'Altro mi veniva annunciato come una pioggia dopo la siccità: un godimento avvertito, cosciente, piacevole. Ma quanto sprecato!

Con J ho avvertito lo strazio del piacere.

E con J ho visitato, davvero, il confine dove Eros sembra, davvero, a un passo da Thanatos. Non importa che, quella di J, sia, forse, una forma di supremo piacere. O importa solo nella misura in cui m'ha permesso di poter assistere J là dove nessuno, neanche il più consumato degli amanti, sa condurre il suo partner, o sa cosa succeda davvero e dove sia giunto davvero nel loro viluppo carnale.

Ma il grido di J non è scomparso in un rantolo.

Piano piano J ha cessato di morire.

È andato in bagno.

S'è seduto sulla tazza dove, mortificato, è rimasto a smaltire gli ultimi crampi.

E ha risposto un "no" un tantino secco alla mia offerta di fargli una camomilla.

Quando mi sveglio, all'alba, J non c'è.

Mi volto a guardare verso il suo cuscino, e il vuoto che trovo mi fa richiudere gli occhi.

Non me la sento di guardare di nuovo. Non me la sento di voltarmi verso di lui: verso il vuoto che è diventato. Non me la sento di alzarmi. Non me la sento di mettermi a girare per casa cercandolo. Non me la sento di dare accoglienza a una cascata di voci che mi frulla nel capo: son quelle degli amici e compagni, o di partner onesti anche di una sola notte, che non smettono mai di fare i grilli parlanti, anche solo per burla, o per quell'eccesso di almanaccare sventure scontate, prevedibili inganni, sicuri disinganni, tutti provenienti dalla condizione nostra, espertissimi nel siglare i momenti dell'abbandono:

"Vai a controllare l'argenteria" mi dicono.

"Guarda che se ne è andato!"

"Controlla se hai il telefonino!... No, stupido! Non per richiamarlo! Per vedere se te l'ha portato via!"

"Controlla anche gli asciugamani. Ci sono in giro certi maniaci della biancheria!..."

"Ma dai!"

"Ma sì!"

"No dai!"

"Sìììììììì....!"

"Isterica!"

Eppure lui, mi dico, a occhi ancora chiusi, di questa casa non si porterebbe via niente, neanche uno spillo. Neanche un ricordo. Nel dormiveglia ricostruisco i momenti della sera prima, dopo il trasferimento nella stanza dei miei col letto matrimoniale, dalla stanza mia col letto singolo, dove c'era il televisore col film visto insieme...

In questa stanza, che fatica a diventare degli ospiti col suo divano letto matrimoniale che ha preso il posto del letto chippendale smontato e portato in soffitta, avremmo dormito più comodamente, visto che lui, come aveva detto, si sarebbe fermato fino al mattino.

Io me la sarei sentita di dormire abbracciati.

Ma qualcosa non ha funzionato tra noi, dopo che gli ho salvato la vita (si fa per dire).

Tra noi due qualcosa aveva fatto sì che io mi spingessi al bordo destro del letto. Non volevo abusare di una vicinanza cui non era certo abituato, e che poteva, infine, non gradire affatto. E poi si sa, care le mie voci!, come i corpi possono respingersi subito dopo essersi spasmodicamente cercati.

Ma lui non dormiva.

Non voleva dormire.

All'eccitazione dei sensi, ora che ricordo, gli è subentrata quella del pensiero.

E ha cominciato a provocare. Intanto mi avrebbe voluto più vicino, nella posizione a cucchiaio, ma a parti rovesciate: con me che gli abbracciavo le spalle e carezzavo la schiena. Poi, non so come, gli ho voltato le spalle.

Intanto lui, per compiacermi, s'era messo a parlare di letteratura. A farmi indovinare col gioco di "acqua e fuoco" il romanzo che diventerà la sua lettura estiva; e che, secondo lui, dovevo indovinare subito essendo "uno tra i più grandi classici".

Ne ho detti alcuni: tutti sbagliati. Avevo la memoria sopraffatta, gelatinosa. Finché, dopo aver ricevuto secchiate di "acqua", mi sono arreso e lui, quasi con pudore (ecco che scopro il lato di lui che amo: il pudore) o quasi vergognandosi per me, ha sussurrato:

"*Moby Dick*".

Nottetempo si è spostato nel lettino di camera mia. È lì che lo trovo. Mentre dorme il sonno dell'innocente. Nella posizione a cucchiaio, ma solitaria; o conservata come una dolce memoria di ciò che non è stato tra noi, o non abbastanza.

Torno nel mio lettone, e m'addormento. Con pernacchie mentali alle voci allarmiste: "Non è affatto un ladro, carine!"

Al mio risveglio me lo trovo già tutto vestito.

Incombe sul letto con l'aria di chi deve scusarsi:

"Mi sono spostato per i rumori che venivan da fuori".

Ma già volta le spalle, con una fretta, asciutta, di andarsene.

"Torno da mia moglie" dice, con il sussurro perentorio di chi non vuole imbrogliare. Non faccio in tempo a dire alle voci: "anche onesto! anche sincero!..." che nella porta che sbatte all'ingresso (assai piano) e nel silenzio che segue prende spazio il dubbio che non si sia messo le scarpe. E poi prende spazio, maggiore ma surrettizio, tutto il romanzo d'amore che con lui non è stato.

Alcune voci ridono; altre sorridono; ma ci sono anche le lacrimose.

"Non un bacio d'addio" dice la più lacrimosa.

"Nemmeno una stretta di mano."

Già.

Un senso di fallimento, sospeso per aria, prende il posto del lampadario spento.

E così, apro gli occhi sul giorno che filtra dalle tapparelle: righe di luce pronte a scavarmi nella pancia, non quella mia: quella di mia madre da cui forse non sono mai uscito; mai davvero nato. Ne farò un romanzo. Il mio solo romanzo d'amore.

Nei suoi abissi di sposa delusa, rivedo le orme che ha lasciato la sua immagine sulla specchiera che ho davanti e che, con ricci armoniosi, copre l'armadio chippendale, rimasto tale e quale...

In quell'alba dove lei si svegliò senza lo sposo di fianco.

Dopo quella notte che mio padre non era tornato...

Come dovette svegliarsi, lei, quel mattino?

Era qui.

Occupava, se non questo letto, il posto del letto a destra, con lo stesso mio angolo visuale. Alzato il capo, accesa l'abat-jour, la cornice ricciuta della specchiera dovette rimandarle un viso smarrito dopo che aveva visto il cuscino accanto vuoto.

Suo marito non c'era.

Non era rincasato.

Mio padre amava il gioco e, pur essendo scrupolosamente ligio al lavoro, passava il tempo restante per lo più giocando a carte nel bar sotto casa, coi gli scantinati adibiti a bisca. Ma per quanto si potesse giocare anche la notte, non era mai capitato che rincasasse all'alba. Quella notte, sua moglie dette l'allarme. Telefonò al cognato Giuseppe per dirgli che suo fratello non era rincasato.

Io, pur sveglio, me ne stetti sprofondato nella mia poltrona-letto in camera da pranzo: immobile e attento a non far sentire le molle che cigolavano.

Lo zio Giuseppe arrivò quasi subito. Scesero insieme nel corso riempiendo l'aria ancora buia col nome di mio padre. Poco prima lo zio era andato a bussare alla porta della bisca, giusto per capire che dentro non c'era più nessuno.

Mio padre apparve poco dopo l'alba da una via interna.

Sorridente e con la sigaretta in bocca. Disse che era stato a giocare a casa di un amico e non s'era accorto che il tempo passava.

Mia madre accettò questa miserabile scusa. E non gli chiese dell'amico. Come sempre lo perdonava in fretta. Il "vizio del gioco" era la formula comprensiva, e sbrigativa, con cui stigmatizzava "l'unico vizio" che avesse mio padre, oltre, s'intende, quello del fumo.

Ma io, a sessant'anni da allora, vorrei restituire una mia personale verità della "notte della scomparsa".

Vorrei dire qua l'idea che mi sono fatto al riguardo.

Mio padre non era scomparso.

Era finalmente comparso. Comparso a se stesso.

E dirò subito, da improvvisato detective, come andarono i fatti.

Ma occorre l'antefatto. Eccolo.

Mio padre ci portava talvolta al ristorante "da Rosa". Non lontano da casa, era gestito da marito e moglie: la signora Rosa, di cui ricordo benissimo il volto dolce e amaro; con l'amarezza che pareva venirle dalle spine più riposte, e la dolcezza da quelle che, più clementi, la pungevano estraniandola, dandole l'ombra d'un sorriso vago, e divagandola da un gran naso che, palpitante, cercava ostinatamente il profumo di quelle rose tanto spinose.

Di suo marito, di cui mi sfugge il nome, tengo scolpita la faccia: gli occhi ardenti, paurosamente dilatati, guardinghi, come se nel puntare davanti, non perdessero mai la visuale adunca di chi poteva stargli dietro. L'incarnato meridionale era cosparso di un trucco sottile, ma con un effetto di cera scura, pesante. Una maschera del desiderio, che mi verrebbe facile, e immodesto, paragonare a quella del barone di Charlus.

Marito e moglie facevano a gara nel servirci bene.

Lei sempre in cucina; lui, in sala, serviva ai tavoli. Formavano una specie di piccola corte dove mio padre non solo si sentiva pubblicamente omaggiato, ma anche segretamente amato. E gongolava.

Non so che effetto facessero a mia madre le premure, vagamente accigliate, di quell'agghindato signore che la serviva "con tanto riguardo".

Credo ne fosse lusingata. E ammirata. Così come ammirava certi sarti alla moda, la cui effeminatezza la incuriosiva e deliziava. Infatti solo i baffetti neri e l'indubbio piglio di un napoletano con negli occhi un avanzo di fuoco non tutto arso sugli altari della ristorazione, distinguevano il marito della signora Rosa dal grande Schubert, sarto in auge a quei tempi. Ma non credo che l'albergatore fosse secondo al grande sarto, in quanto ai ninnoli che gli penzolavano ai polsi, alle collanine che portava al collo, e agli anelli infilati alle dita.

Ho il sospetto che tutti i nostri pranzi festivi "da Rosa" fossero altrettanti codici cifrati dove lui e mio padre riuscissero a scambiarsi, nella concentrata effervescenza che offre la clandestinità, un "cibo" altro, più piccante e segreto.

Chiuse le saracinesche della trattoria, lui e mio padre, quella notte, dovevano aver trovato, un *loro* angolo dove consumarlo.

Non so perché J mi abbia cercato ancora durante i due anni trascorsi dal suo "torno da mia moglie".

Certo non ha mai smesso di tornarci.

Come non ha mai smesso di tornare da me.

All'ignara moglie di J sento talvolta il bisogno di dare un volto. Quello di mia madre. Un volto in qualche modo clemente che la assolva dalla gelosia e le attribuisca un po' dell'umorismo di mia madre, quando si mise a commentare gli incontri quindicinali di mio padre con l'amico con cui andava a fare la terapia anticoagulante all'ospedale Molinette, necessaria dopo l'operazione al suo cuore.

Quell'amico era diventato, naturalmente, "l'amico del cuore".

"Guardalo! Tutto contento! Va col fidanzato…" diceva allegramente, mia madre, mentre guardavamo dalla finestra mio padre che si avviava alla fermata dell'autobus "come un giovanotto".

"Come un innamorato" aggiungeva, con ilare compiacimento.

Non so quale filo mi tenga unito a J, fragile e robusto insieme.

Certo uno di quei fili invisibili con cui si cuciono gli orli, oltre i quali finiamo di esistere. Di sicuro questo filo fa sì che la nostra storia continui contro ogni previsione. E forse con lui sto imparando di più la pazienza: quella tipica della vecchiaia; e un po' di più la fiducia, meno tipica della vecchiaia.

C'è stato un episodio molto importante che ha decretato, credo, la durata del rapporto, oltre ogni suo limite naturale; e ne ha sancito, come si diceva un tempo, la "sacralità".

Un giorno J accettò di venire al paese.

Mi scrisse in seguito: "A me era sembrato che la casa fosse un organismo vivente all'interno del quale noi vivessimo".

Fu un pomeriggio. Furono le calde ore d'un pomeriggio d'agosto, che lo videro "restituirmi" la casa.

L'avevo abbandonata da un paio di anni. L'avevo chiusa dietro di me per tenervi buoni i fantasmi che l'avevano invasa dopo la morte di mia madre. L'avevo portata a morire al paese. Mi ero decisamente opposto sia alla casa di rieducazione in collina dopo che dal secondo ictus non era guarita, sia alla "terapia" con cui l'avrebbero aiutata a morire nel giro di un mese.

Nella casa al paese avevamo passato mesi felici, tra il lettino ortopedico e la sedia a rotelle. Mi illudevo perfino che potesse guarire, tanta era la sua volontà di guarire.

Paralizzata per metà corpo, aveva stranamente potenziato le facoltà mentali, da cui zampillavano canzoncine proverbi preghiere poesie e filastrocche. Una miniera che aveva dentro, sconosciuta a lei stessa. Non l'avevo mai sentita recitare la *Cavallina storna* per intero come faceva quando la portavo in carrozzella. Correggeva me che sbagliavo i versi. Restammo lì anche d'inverno.

L'inverno del 2012, quando la neve parve prendere d'assalto le case e raggiungere i tetti da terra. Il prato e la pergola, creature luminose per una loro luce mistica interna.

Veder morire mia madre un giorno assolato di febbraio spense ogni luce intorno.

Spense ogni fede in me nella resurrezione, e rese impraticabili tutte le stanze della casa, diventate altrettanti luoghi per sottili torture.

Due anni dopo, J accettò di aiutarmi a riaprire le stanze.

Non appena arrivammo, si mise a girarle con la meraviglia di chi scopre un mondo: un mondo pieno spiriti felici. Come se il marinaio avesse trovato finalmente la terra.

Si sedette su una poltrona, e chiuse gli occhi per ascoltarli.

"Questa casa parla" disse infine.

Sentiva gli strati su cui era cresciuta la casa dei bisnonni?

La gente che l'aveva abitata nel tempo?

Non mi sarei stupito se si fossero destati anche gli spiriti dei maiali che l'avevano abitata quando era ancora un porcile.

A un certo punto, J sentì il bisogno di fare l'amore.

Chiese, col senso pratico che lo distingue in certe situazioni, quale fosse la camera "giusta". Lo chiese come chi chiede dove sta il bagno. Come una necessità improrogabile. Gli indicai la stanza degli ospiti come se dovesse andarci da solo. Ma lui mi prese per mano, e ci trovammo nell'ultima stanza al piano di sopra: la più piccola e la più isolata, arredata con mobili poveri, simile alla cella di un monastero.

Dopo l'amore, mi addormentai tra le sue braccia. Mi risvegliai che lui pareva ancora dormire. Quasi non respirava. Ma era come se, al posto suo, respirasse la casa. Tornata a vivere. Prima di partire, J passeggiò su e giù per il prato. Attaccato al suo cellulare; ai suoi impegni in un mondo che mai abiterò; con gente che mai conoscerò. Era leggero come un mistero alato che sfiori l'erba. Anche il prato dovette sentirlo. E io non so se continuò a rimpiangere la gente di un tempo: quelli delle ferie di agosto: i Barba e le Magne così appartenenti a ogni suo filo d'erba... Mentre a J, in fondo, non doveva che un'improvvisata.

IN 76 VERSI

Non è più un segreto
la Natura.
Né ha misteri o favole
che l'umanità possa
mostrarmi nei secoli.
Visto che tutto è
così semplice e chiaro.
Così a portata di sguardo.
E per niente sotterraneo.
Bastava cominciare dal prato.
Tagliare l'erba come sempre.
Farne un tappeto possibile
all'unica creatura possibile
per spiegarne i sortilegi.
(In questo pomeriggio d'agosto
madido di piogge col sole che
sorride della sua convalescenza)
Le metamorfosi.
I cicli.
Le Morti.
Le Rinascite.
Ere intere e infiniti secoli.

Ma anche stagioni brevi.
Tutti hanno faticato.
(In questo pomeriggio d'agosto
madido di piogge col sole che
sorride della sua convalescenza)
Tutti hanno faticato
per quando l'auto blu
è comparsa dal viottolo.
Come comparivano un tempo
i carretti contadini.
Le vecchie magne del ricamo.
I vecchi barba con le bocce.
Intere famiglie sottoterra
hanno trovato
gallerie di talpe becchine
dette anche di resurrezione.
Brave nel condensare
in un solo amore
i tanti amori nati nel prato.
(In questo pomeriggio d'agosto
madido di piogge col sole che
sorride della sua convalescenza)
Uno strascico messo al rovescio.
Come la mia vita
che rinasce in prossimità di finire.
Ecco perché J non ha voluto traversare
il prato con la sua auto blu.
Non ha voluto nonostante il mio invito
che ruote di gomma calpestassero l'erba.
Sapeva di certo
da uomo di mondo,
da angelo di rapide annunciazioni
quante morti avrebbe mortificato.

Umiliato i morti risorgenti
e mortalmente offeso le talpe necrofore.
Ha traversato a piedi il prato
non scalzo
come farebbe in casa.
Ma le sue scarpe avevano ali.
I suoi capelli erano fili d'erba di seta
imbiondita dal sole.
La sera sarebbe stata quella
di San Lorenzo.
Di stelle desideranti.
Lui ne precorreva la caduta.
E riempiva i miei occhi di
scintille amorose.
Continuava a porgermi il dono
di una eccezionalità quotidiana.
(In questo pomeriggio d'agosto
madido di piogge col sole che
sorride della sua convalescenza)

Cortandone, 12 agosto 2018

RINGRAZIAMENTI

Un profondo grazie a uno sconosciuto quanto assai famigliare soldato italiano della II Guerra Mondiale, tale Bucciarelli da Fiesole... Una sorta di remoto *flatus vocis* di mio padre che mi ha ispirato nella ricerca e, forse, nella scoperta di una prospettiva nuova del mio romanzo famigliare.

A Jean che col suo "grido" mi ha ispirato un tempo ritrovato per mio padre e la prima idea di un romanzo di formazione sentimentale.

Un grazie a Piera Rossotti per l'incoraggiamento e i consigli durante i primi e confusi passi del progetto editoriale.

Un grazie speciale, infine, al caro amico Alessandro Mazza per aver creduto fin dall'inizio in questo mio romanzo e per essersi adoperato con passione nella fase di correzione bozze e di first editing del testo.

INDICE